Questo libro
appartiene a:

Ciao,
io sono
Valentina!

Benvenuti nel mondo di Valentina!

Ciao, io sono Valentina! Ho dieci anni e frequento la quinta elementare. Molti di voi mi conoscono già... ma quello che ancora non sapete, lo scoprirete in questi libri che narrano le mie avventure. Vi racconterò la mia vita di tutti i giorni e vi farò conoscere la mia famiglia, la mia classe, i miei amici e

Valentina

Mamma

Papà

il mio maestro. Le mie avventure spesso sono curiose e sorprendenti. Ma a me una vita monotona e sempre uguale non è mai piaciuta. E credo che non piaccia neanche a voi, no? Se è così, siamo in buona compagnia. Buona lettura, amici e amiche!

I Edizione 2002

15033 Casale Monferrato (AL) - Via G. del Carretto, 10
Tel. 0142/3361 - Telefax 0142/74223
http://www.edizpiemme.it

Stampa: G. Canale & C. SpA - Borgaro Torinese (TO)

Angelo Petrosino

Gli amici di Valentina

Illustrazioni di Sara Not

PIEMME
Junior

Agli amici piccoli e grandi
di Valentina.
E a tre amiche speciali:
Elisabetta, Marcella, Alice.

Prima parte

Un incontro in biblioteca

RICERCHE IN BIBLIOTECA

Da un paio di settimane vado quasi ogni giorno in biblioteca. Ormai manca poco alla fine della scuola e per gli esami devo preparare una ricerca sulla Cornovaglia.

Dei miei compagni, c'è chi ha scelto la storia del calcio, chi quella dei computer e chi, perfino, quella di Barbie.

– Non potevi trovare un argomento migliore? – ha chiesto Ottilia a Gina, che di Barbie ne ha tantissime.

– Io sulle Barbie ne so più di chiunque altro – le ha risposto Gina. – Tu occupati della tua ricerca.

– Io voglio sapere proprio tutto sul fiume Po – mi ha detto Ottilia. – Combina tanti di quei disastri! Voglio capire se lo fa perché è un mostro incontrollabile, oppure se siamo noi che lo facciamo arrabbiare tanto.

– La risposta posso dartela io: siamo noi.

– Ne sono convinta anch'io. Per me il Po è un gigante buono, ma se lo stuzzichi troppo, si vendica.

Per quanto mi riguarda, non avrei molto da cercare sulla Cornovaglia, visto che ci sono stata e l'ho osservata con i miei occhi. Però voglio saperne di più sulle città che non ho visitato. La biblioteca che frequento è ben fornita. Inoltre anche Giorgia, la bibliotecaria, è un'appassionata della Cornovaglia, e mi aiuta a trovare libri, manuali ed enciclopedie che ne parlano.

– *Hello*, Valentina – mi saluta quando spingo la porta a vetri ed entro in biblioteca.

– *Hello,* Giorgia.

– Vai pure, il tuo tavolo è libero.

Il "mio" tavolo è quello vicino alla finestra. È ben illuminato e a volte mi godo certi tramonti che mozzano il fiato. Quando il sole lancia al cielo le sue ultime fiammate, mi sento un po' malinconica, e mi metto a sospirare.

– Sospiri, Valentina? – mi ha chiesto Giorgia due giorni fa.

– Sì, ma non so perché – le ho risposto.

– Come va la tua ricerca sulla Cornovaglia?

– A gonfie vele.

– Hai già scritto molto sul tuo quaderno, vedo.

– Penso che verrò ancora un paio di volte, poi comincerò a battere al computer i miei appunti.

– Ti aspetto anche domani, allora – mi ha detto Giorgia ieri sera.

– Puoi contarci.

– Ti farò assaggiare una torta che ha fatto mia madre. Vedrai, è la fine del mondo.

Giorgia ha quasi venticinque anni, ma sembra una ragazzina.

– Ti piace il tuo lavoro? – le ho chiesto un giorno.

– Immensamente.

– Perché?

– Perché mi permette di regalare storie alle altre persone. E credo che questo sia meraviglioso.

LE MEMORIE DI MELISENDA

In biblioteca sono arrivata verso le cinque e Giorgia mi ha detto: – Purtroppo oggi al tuo tavolo non sarai sola.

Mi ha indicato una donna dai capelli bianchi, che stava seduta accanto alla finestra. Occupava la sedia di fronte alla mia e stava scrivendo su un quaderno.

– Pazienza! – ho sospirato.

Ci siamo strette la mano...

Tornerai di nuovo in biblioteca domani pomeriggio?

– Sarà l'ultima volta che vengo. Ormai la mia ricerca è completa.

– Allora ci vediamo alla stessa ora, Valentina.

Melisenda ha chiuso il quaderno, ha infilato la penna stilografica in un astuccio, mi ha sorriso ed è andata via.

Prima di lasciare la biblioteca, ho chiesto a Giorgia: – Conosci quella donna?

– No, è la prima volta che la vedo. Che tipo è?

– Dice che ha fatto la maestra e che sta scrivendo le sue memorie. Ci siamo date appuntamento per domani alla stessa ora. Vuole farmi leggere qualcosa.

Tornando a casa, ho dimenticato la Cornovaglia e ho cominciato a pensare a Melisenda.

Ho pensato a lei anche prima di addormentarmi e al buio, nella mia stanza, ho rivisto i suoi occhi penetranti e vivi.

UN GIORNO CI RIVEDREMO

Oggi sono arrivata in biblioteca prima del solito. E prima ancora di salutare Giorgia, ho dato un'occhiata al mio tavolo.

– La tua amica non c'è – mi ha detto Giorgia. – Dispiaciuta?

– La conosco appena.

– Può darsi che abbia avuto un contrattempo e che arrivi più tardi.

– Io starò qui fino alle sei.

In realtà ho subito deciso che sarei rimasta fino all'ora di chiusura. Melisenda mi aveva troppo incuriosita e volevo incontrarla, anche se per poco tempo.

Se non veniva, voleva dire che mi aveva presa in giro, e che la promessa di farmi leggere il suo racconto era stata solo una bugia.

Ma perché mi aveva parlato di sé senza che io glielo avessi chiesto? Mah, ho pensato, se ne trova di gente strana in giro. Ma l'ho pensato solo per consolarmi della delusione che provavo nel non vederla arrivare.

Ho preso i miei libri, li ho aperti sul tavolo che era di nuovo tutto mio, e mi sono messa a prendere appunti su alcuni capitoli che mi interessavano.

Ero così concentrata sul mio lavoro, che mi sono accorta dell'arrivo di Melisenda solo quando si è seduta di fronte a me e mi ha detto: – Ciao, Valentina. Scusa il ritardo. Ti disturbo?

– No no, si figuri.

E mi sono affrettata a spostare i libri verso di me, per farle un po' di spazio dall'altra parte del tavolo.

– Lascia stare. Oggi non ho tempo per scrivere. Sono venuta per mantenere la mia promessa.

– Comunque non doveva sentirsi obbligata.

– Mi faceva davvero piacere rivederti, Valentina. Ci tenevo molto. Ti ho portato le pagine delle quali ti ho parlato ieri.

Melisenda ha aperto una cartellina e ha tirato fuori un fascio di fogli battuti al computer.

– Ecco, sono per te – ha detto mettendomeli davanti.

Io non ho osato toccarli. Mi sembrava che, facendolo, mi sarei affacciata sulla soglia di un mistero.

Ed ero molto confusa.

– Il resto si trova sulle pagine del mio quaderno, che sono pressoché incomprensibili, perché ho una calligrafia che capisco solo io. Altrimenti te le farei leggere. Domani parto per un lungo viaggio. Ma conto di tornare entro un paio di mesi. Perciò, se vuoi, possiamo incontrarci di nuovo. Magari qui, a questo stesso tavolo. Che ne dici?

– Queste pagine gliele restituirò quando ci rivediamo.

– Non è necessario. Sono per te e puoi tenerle. Hai finito la tua ricerca?

– Sì. Posso chiederle dove va?

– Lontano, Valentina. Ma vedrai, ci incontreremo ancora.

Melisenda mi ha sorriso, si è allontanata con passo veloce ed è scomparsa oltre la porta girevole della biblioteca.

Allora ho chiuso gli occhi e mi sono detta: – Tra poco li riapro e tutto torna come prima. Sono certa che sul tavolo ci sono soltanto i miei libri, il mio quaderno e nient'altro.

Ma quando ho riaperto gli occhi, il fascio di fogli di Melisenda era lì e nell'aria si sentiva ancora il profumo di menta e di pesca che aveva lasciato quella strana signora.

Tornata a casa, sono andata nella mia camera, mi sono seduta dietro la scrivania e ho cominciato a leggere le pagine di Melisenda.

Seconda parte

La maestra Melisenda

UN POETA INNAMORATO

Mi chiamo Melisenda e faccio la maestra. Ma da piccola non pensavo affatto di fare la maestra. Volevo invece fare almeno tre cose. E cioè: la principessa, la maga o la scienziata. Mi chiamo Melisenda perché quando stavo per nascere mia madre lesse una poesia che parlava di una certa contessa Melisenda. Di lei si era innamorato un poeta, senza averla mai vista. Ne aveva solo sentito parlare.

Questo poeta si era messo in viaggio per terra e per mare per andare a trovarla, ma al momento di scendere dalla nave si ammalò e rimase immobile a letto.

Qualcuno riferì a Melisenda quello che stava succedendo a bordo della nave e lei, incuriosita, andò a trovare il poeta innamorato. Fece appena in tempo a dirgli che era commossa dal suo amore, che il poeta morì. Diventata troppo malinconica per come si era conclusa la vicenda, Melisenda decise di ritirarsi in convento, dove passò il resto della sua vita.

UN ALTRO NOME PER MELISENDA

La storia di Melisenda piacque tanto a mia madre, che decise di darmi il suo nome.

– Ma così io non potrò mai festeggiare il mio onomastico – dissi un giorno a mia madre. – Sul calendario non c'è una santa con questo nome!

– Hai ragione, è vero – ammise mia madre. – Ma Melisenda è così un bel nome...

– Dobbiamo trovare un giorno dell'anno in cui festeggiare il mio onomastico.

– E come facciamo? Lo scegliamo a caso?

– Dammi un altro nome.

– D'accordo. Ma questa volta lo scegliamo insieme. Quale altro nome vorresti?

– Francesca.

– Mi piace molto. Da oggi ti chiamerai Melisenda Francesca.

– Grazie, mamma.

– Sei una figlia adorabile, Melisenda.

Se una mamma ti dice che sei adorabile solo una volta l'anno, forse non lo pensa veramente. Se invece te lo dice spesso, allora vuol dire che ne è davvero convinta.

E la mia lo era veramente. Infatti non perdeva occasione per dirmi: – Melisenda, lo sai, vero, che ti voglio bene più di quanto ne voglio a me stessa?

Allora io, per metterla alla prova, facevo qualche sciocchezza.

Per esempio, prima di rientrare in casa, andavo a sguazzare nel fango e mi insudiciavo gambe, braccia e faccia da far paura.

– Ma che cosa ti è successo? – esclamava mia madre vedendomi entrare tutta inzaccherata.

– Mi sono sporcata.

– Lo vedo.

– Non sei arrabbiata?

– No, sei troppo buffa. Vieni, andiamo a preparare la vasca per un bel bagno caldo.

ALLE PRIME PAROLE

Un giorno, parlando con mia madre, le chiesi: – Che sensazioni si provano quando si è innamorati? E in che modo ci si accorge di amare qualcuno?

– Vieni, mettiamoci comode sul divano e te lo spiego.

Mia madre cominciò: – Quando mi innamorai di tuo padre, lo capii subito, alle prime parole che mi rivolse. Fummo assunti lo stesso giorno nella stessa ditta e a un certo punto gli chiesi: «Pensa che ci pagheranno bene?». Alla sua risposta: «Lo spero proprio, signorina», mi dissi: «Io sono innamorata di quest'uomo». Tornando a casa, inciampai nelle scale, picchiai la testa contro la porta, rovesciai il vaso di fiori che era nel corridoio, feci scuocere la pasta e bruciai una camicia con il ferro da stiro. Insomma, ero con la testa tra le nuvole.

– Come mai?

– Perché pensavo sempre a tuo padre, non riuscivo a fare altro.

– Allora immagino che non dormisti nemmeno la notte.

– Proprio così. Passai la notte seduta in poltrona, a leggere un libro dopo l'altro.

Poco prima che facesse giorno, mi affacciai al balcone e gridai: «Io amo quell'uomo!». Il tipo che puliva le strade, che era già al lavoro, alzò gli occhi e mi chiese: «Quale uomo?».

Non gli risposi e rientrai per fare colazione. Prima, però, mi feci la doccia, mi profumai e indossai il vestito migliore che avevo nell'armadio.

Quando arrivai in fabbrica, incontrai tuo padre nell'ingresso e gli dissi: «Ho pensato a lei tutta la notte».

«Ne sono felice, perché anch'io ho pensato a lei fino all'alba, signorina», mi disse.

Un mese dopo ci sposammo; poi nascesti tu... e la storia continua.

– Vuoi dire che sei sempre innamorata di papà, mamma?

– Sempre, Melisenda.

– Che meraviglia! Spero che capiti anche a me una storia come la tua.

– Tieni gli occhi aperti e non lasciarti sfuggire l'occasione.

ETTORE E LA MAESTRA

Ma dovetti aspettare fino a vent'anni prima di vivere un'esperienza come quella della mamma.

Il giorno che conobbi Ettore in un negozio del centro, mi sentii proprio come lei.

Tornai di corsa a casa e le dissi: – Mamma, ci siamo. Ho trovato l'uomo che mi regalerà la felicità.

– Che bellezza, Melisenda! Sono tanto contenta per te! – esclamò lei. Poi mi chiese: – Che cosa pensi di fare?

– Tra un anno lo sposo.

In realtà lo sposai prima. Ettore lavorava già e io trovai lavoro pochi mesi dopo averlo incontrato.

Che cosa cominciai a fare? Provate a indovinare. Cominciai a fare la maestra.

– Avevi ragione, mamma – dissi a mia madre quando superai il concorso per diventare insegnante. – Come hai fatto a prevederlo?

– Leggendo le storie che scrivi, Melisenda. Secondo me sono fatte per affascinare i bambini.

– E come mai io non me n'ero accorta?

– Perché ragionavi come loro.

– Eppure devo confessarti una cosa. Ho una gran paura di entrare in una classe. Secondo me, mi affaccio, do un'occhiata ai banchi e dico ai bambini: «Scusate, ho sbagliato aula». Poi chiudo la porta e torno a casa.

RICCARDO, ROSETTA, FRANCESCA...

In realtà, quando entrai in classe e mi trovai davanti venti facce che mi scrutavano con curiosità, mi prese una calma improvvisa.

Andai a sedermi alla mia sedia, li guardai in silenzio, poi mi alzai e mi sedetti sulla cattedra.

– Sei molto giovane, maestra – mi disse un bambino. – Quanti anni hai?

– Venti.

– Ed è la prima volta che fai la maestra?

– Sì.

– L'ho capito subito.

– Tu quanti anni hai, e come ti chiami?

– Mi chiamo Riccardo e ho nove anni, come gli altri. Qui nessuno è ripetente. Cosa farai, resterai con noi solo in quarta o rimarrai anche in quinta?

– Sono una maestra di ruolo. Quindi, se voglio, posso restare anche l'anno prossimo. Del resto, abito proprio a due passi dalla nostra scuola.

– Spero proprio che tu decida di restare – mi disse una bambina dai capelli biondi. – Finora abbiamo cambiato ben otto insegnanti. E nessuna di loro si è mai seduta sulla cattedra come te. Mi piacciono i tuoi capelli a caschetto, maestra.

– E a me piacciono le tue trecce. Come ti chiami?

– Rosetta. E tu?

– Melisenda.

– È un nome strano, ma suona bene. E poi ti sta a pennello.

– Perché?

– Perché ti fa scintillare gli occhi quando lo pronunci.

– Sei una brava osservatrice, Rosetta.

– Anch'io lo sono – disse un'altra bambina. – Ho notato che ti gratti la nuca proprio come faccio io. A proposito, io mi chiamo Francesca.

– Che combinazione! Francesca è il mio secondo nome.

– Io invece ho notato che ogni tanto arricci il naso – mi disse un bambino. – Sono il fratello di Francesca e mi chiamo Ettore.

– Ma guarda, proprio come mio marito!

– Sei già sposata, maestra?

– Sì, da alcune settimane.

Dopo aver risposto ad altre domande,

chiesi loro: – Che cosa volete che faccia?

– Potresti leggerci una storia.

– D'accordo. Ma invece di leggervela, ve la racconto.

L'ARBITRO E LA MAESTRA

– Bambine, siete meravigliose!

Quante volte ho detto queste parole alle mie alunne!

– E noi cosa siamo? – si arrabbiavano i maschi.

E così, per tenerli buoni, mi sono messa a fare l'arbitro quando giocavano a pallone.

– Ma le conosci le regole? – mi chiese Alessandro la prima volta che mi presentai a scuola con un fischietto.

– Certo – gli risposi. – Quelle sono le porte e le squadre corrono una di qua e una di là. Se uno tira un calcio a un altro, io blocco la partita e lo mando a sedere ai margini del campo. Se invece gli dà una gomitata, blocco lo stesso la partita e lo obbligo a chiedere scusa. Vince chi segna più gol.

Alessandro mi guardò perplesso. Poi disse: – Veramente non è proprio così. Nelle partite vere ci sono i falli, le punizioni, i tiri dall'area, i rigori, le rimesse dal fondo, quelle laterali...

Le prime volte interrompevo la partita ogni dieci secondi. Tanto che a un certo punto Michele mi disse: – Maestra, il calcio non fa per te.

– Che cosa c'è che non va?

– C'è che a forza di fischiare non ci fai quasi toccare il pallone.

– Ma se uno va addosso a un altro, io devo fermare il gioco, no?

– Non sempre. Uno può cadere perché scivola sull'erba o perché i piedi si impigliano nei lacci delle scarpe.

– Ma gli sgambetti devo punirli, vero?

– Bisogna vedere caso per caso...

– Scusa, Michele, ma uno sgambetto è uno sgambetto.

– Non sempre. Quello involontario è una specie di incidente.

– E io come faccio a capire quale era l'intenzione di chi lo ha fatto?

– Maestra, un vero arbitro certe intenzioni le capisce al volo. Il fatto è che tu, anche col fischietto e la tuta da ginnastica, invece di fare l'arbitro, continui a fare la maestra. Capisci, Melisenda?

– Capisco, Michele.

BENGALINI E MUSICA CLASSICA

La nostra aula è molto colorata. Ci sono disegni appesi dappertutto, decine di libri sugli scaffali, festoni di carta crespa alle finestre e ninnoli che spenzolano da un filo teso sopra le nostre teste.

– Ah, in quest'aula sì che fa piacere vivere! – esclama Mara ogni volta che entra in classe.

– Secondo me manca solo una cosa – disse un giorno Daniele. – Ci vorrebbe una bella gabbia e tre o quattro bengalini. Proprio come quelli che ho a casa io.

Ma la direttrice, cui chiesi il permesso di tenere degli uccellini in classe, mi rispose: – Non se ne parla proprio, signora maestra.

– Come mai mi nega l'autorizzazione, signora direttrice? I bengalini rallegrerebbero le ore a scuola dei bambini.

– I suoi alunni sono fin troppo allegri. E poi è vietato.

– Da chi?

– Dall'economa e da me.

– Posso chiederle perché?

– L'economa dice che la presenza di grani di miglio e di altri mangimi per uccelli potrebbe attirare i topi nelle classi.

– Non immaginavo che nella nostra scuola ci fossero dei topi.

– E non ce ne sono, infatti! Non si faccia strane idee e non metta in giro false notizie. Il fatto è che i topi potrebbero salire dalla scala antincendio che si affaccia su quella specie di discarica che fiancheggia la scuola.

I bambini furono molto delusi dal fallimento della mia missione e alcuni proposero di acquistare, in alternativa, una boccia con dei pesci rossi.

– No, mi darebbero troppa malinconia – disse Valentina.

E anche le altre bambine furono d'accordo con lei.

In conclusione, nella nostra classe non abbiamo mai potuto tenere degli animali.

E quando un giorno Daniele portò una cassetta sulla quale aveva registrato il canto dei suoi bengalini, facemmo buio nell'aula e ci mettemmo ad ascoltarla. Proprio come facciamo quando, dopo pranzo, tiro giù le veneziane e infilo nel registratore una cassetta di musica classica.

Qualcuno dei bambini si appisola, qualcuno si mette a cantare, qualcuno si succhia un dito senza farsene accorgere.

E un giorno Stefano si mise a piangere in silenzio. Quando spensi il registratore, gli chiesi: – Ti sei commosso?

– Sì, perché ho pensato a una cosa.

– Posso chiederti a cosa?

– Magari te lo scrivo in una lettera…

VACANZE SENZA COMPITI

Ed è stato proprio alle parole di Stefano che ho pensato alcuni giorni fa, quando ho detto ai bambini: – Fra tre giorni cominciano le vacanze di Natale e ho deciso quello che dovremmo fare.

– Tu cosa farai, Melisenda?

– Leggerò, mi dedicherò a mio marito e alla casa, e andrò a trovare mia madre.

– Cosa leggerai, Melisenda?

Qualcuno si appisola, qualcuno si mette a cantare...

– Romanzi, poesie, libri d'avventura, gialli... Ma avrò sicuramente tempo per leggere anche altre cose.

– Quali cose?

– Delle lettere, per esempio.

– Chi pensi che ti scriverà?

– Voi. Ascoltate. Per le vacanze non vi darò nessun compito. Altrimenti che vacanze sarebbero?

– Sei grande, Melisenda. Mia madre rimarrà con un palmo di naso.

– Parlerò io con i vostri genitori. Però, prima di andarcene in vacanza, vorrei che mi scriveste una lettera. Una lettera che potete scrivere a casa e che mi consegnerete il giorno in cui ci scambieremo gli auguri.

– E di cosa possiamo parlare nella nostra lettera?

– Di tutto.

– Anche di noi?

– Soprattutto di voi.

– E tu poi ci rispondi?

– Troverò il tempo per rispondere a tutti.

BUON NATALE, MELISENDA!

Al momento di salutarci, ogni bambino mi ha consegnato la sua lettera.

– Buon Natale e buon anno nuovo, Melisenda.

– Salutaci anche tua madre. La sua ultima torta era uno schianto.

– Posso telefonarti durante le vacanze?

– Ti manderò una cartolina da Vienna.

– Io invece te la manderò dall'Etna. Ma ti porterò anche un pezzo di lava.

– Grazie, ragazzi, e vedete di non raffreddarvi.

– Quando leggerai le nostre lettere?

– Domani.

– Mi raccomando, non riferire a nessuno le cose che ti abbiamo scritto. Non farle leggere nemmeno a tuo marito.

– Lo sapete che non ho mai tradito i vostri segreti.

Ho accompagnato i bambini dai rispettivi genitori e sono tornata in classe. Nell'aula faceva caldo e ho spalancato la finestra, facendo entrare l'aria gelida di dicembre.

In quel momento si è affacciato alla porta Pinotto, il custode della scuola.

– È ancora qui? – mi ha chiesto.

– Sto raccogliendo le mie cose – gli ho risposto.

– Faccia, faccia pure. Tanto, prima di domani non pulisco. Lo sa che lei mi ha sempre incuriosito, Melisenda?

– Davvero, Pinotto?

– Sì, lei non è una maestra come le altre.

– E che maestra sarei?

– Una che non sembra nemmeno una maestra, non so se mi spiego. Insomma, se fossi un bambino, vorrei essere suo alunno. Mi scusi, forse le sembrerò ridicolo.

– Non si preoccupi, non è ridicolo per niente. Ecco, io ho finito e me ne vado. Buone vacanze, Pinotto.

– Buone vacanze anche a lei, Melisenda.

Terza parte

È finita la scuola

IO SÌ... IO NO... IO SÌ... IO NO

Quando ho finito di leggere, ho pensato a lungo a Melisenda. In un certo senso, me l'ero immaginata proprio così, sia da bambina, sia da adulta, ossia da maestra.

Però avrei voluto leggere le lettere dei suoi alunni e magari anche le sue risposte. Perciò speravo proprio di rivederla, un giorno. Sono andata a dormire con le confessioni di Melisenda nella testa, e prima di addormentarmi ho pensato: – Adesso so che cosa chiederò domani al mio maestro.

E oggi, durante l'intervallo, gli ho detto: – Perché non ci chiedi di scriverti una lettera in cui ti parliamo di noi? È davvero l'ultima occasione che abbiamo di farlo, prima che finisca la scuola.

Il maestro mi ha guardata con un po' di stupore e mi ha detto: – Avevo pensato di farvi una proposta del genere nel corso degli esami.

– Agli esami diventerebbe un compitino e basta, perché sappiamo che le lettere le leggerebbero anche le altre insegnanti. Nessuno se la sentirebbe di confessarsi con sincerità.

Quando siamo rientrati dal cortile, il maestro ne ha parlato ai miei compagni. E tutti si sono dichiarati d'accordo a scrivere una specie di autoritratto.

A quel punto però ho alzato la mano e ho detto: – Io sono disposta a far leggere la mia lettera anche agli altri.

– Io no... io sì... io no... io no... – hanno detto via via i miei compagni.

Il maestro ha riflettuto qualche istante, poi ha detto: – Facciamo così. Io terrò segrete le lettere fino all'ultimo giorno di scuola. Quelli che sono disposti a far leggere la propria lettera agli altri, me lo faranno sapere un paio di giorni prima. Ne farò delle fotocopie e le distribuirò quando venite a ritirare le schede. Che ne dite?

– Per noi va bene così – abbiamo detto io e pochi altri.

– Valentina, come ti è venuto in mente di proporre una cosa del genere? – mi ha chiesto Ottilia mentre tornavamo a casa. – Non ci siamo conosciuti abbastanza in questi anni?

– Io non credo di sapere davvero tutto di Enrico, di Gennaro, di Maria e di tanti altri nostri compagni.

– E tu pensi che si racconteranno nelle lettere senza nascondere niente di sé?

– Spero proprio che racconteranno le cose più importanti. Non so quanti ne rivedrò dopo che avremo lasciato la scuola elementare. E mi piacerebbe portarmi dietro i ricordi scritti dai diretti interessati.

– Non hanno alzato la mano in molti.

– Mah, chissà, forse prima della fine della scuola se ne aggiungeranno degli altri.

CIAO... CIAO... CIAO... CIAO

La scuola è davvero finita.

Stamattina, prima di salire in classe a ritirare la mia scheda di valutazione, ho dato un'occhiata al cortile, alla piastra di cemento dove si può giocare a basket, alla buca della sabbia dove i bambini piccoli costruiscono castelli, come se fossero sulla spiaggia.

Poi ho guardato l'orto del bidello, gli alberi che abbiamo piantato in questi anni, il piccolo stagno recintato dalle siepi. E ho anche guardato i balconi dai quali si affacciavano i vecchietti che ci guardavano giocare durante gli intervalli della mattina o del dopopranzo.

– A che cosa pensi, Valentina? – mi ha chiesto mia madre, quando mi ha vista esitare al pianterreno della scuola.

– Prova a indovinare, mamma.

– Ho capito.

Non so se aveva davvero indovinato quello che pensavo e quello che sentivo, mentre nella mente si affollavano tante immagini e tanti ricordi.

Forse nessuno può davvero mettersi al nostro posto e dirci: – Ho capito.

Anch'io, credo, non potrei davvero guardare il mondo con gli occhi degli altri, anche se spesso ho cercato di farlo. Ecco perché ero curiosa di sapere quanti autoritratti dei miei compagni sarebbero finiti nelle mie mani e quanti di loro sarebbero stati capaci di sorprendermi.

– Ciao, Valentina.

– Ciao, Ottilia.

– Ciao, Tazio.

– Ciao, Gina.

– Ciao, Deborah.

– Ciao, Rinaldo.

– Ciao, Gianni.

– Ciao, Enrico.

Ciao... ciao... ciao...

Eravamo tutti lì, davanti all'aula nella quale ci aspettava il maestro.

– Tu dove andrai?

– In montagna. E tu?

– Al mare.

– Io andrò in Spagna.

– Io in Grecia.

– Io, invece, andrò a trovare i nonni in campagna.

– Io resterò in città.

– Io andrò a nuotare nel Po.

– E tu?

– Boh, ancora non lo so. I miei decidono sempre all'ultimo minuto.

– Io prenderò l'aereo per la prima volta. E mi viene da tremare.

– Io l'ho già preso. Senti un buco nello

stomaco solo al momento del decollo. Poi passa tutto.

– Vedremo.

– A te che cosa hanno promesso in regalo i tuoi?

– Un computer.

– Io ce l'ho già e ho chiesto una bici nuova.

– Io, invece...

Io... io... io... io... Per tanti anni eravamo stati *noi*. Adesso si tornava a dire *io*, e ciascuno già si vedeva separato dagli altri con la sua storia e il suo futuro.

Quando è arrivato il mio turno, il maestro mi ha consegnato l'attestato della promozione e una busta.

– In questa busta ci sono le lettere che i tuoi compagni mi hanno autorizzato a distribuire. Mi hanno fatto molto riflettere, e ti ringrazio tanto per il tuo suggerimento, Valentina. Spero che questo non sia un addio e che avremo ancora tante occasioni di rivederci. Buone vacanze.

L'ho abbracciato e gli ho detto: – Verrò a trovare te e Giulietta.

– Ci contiamo.

Al momento di chiudere il cancello della scuola, ho indugiato qualche secondo. Poi me lo sono tirato con forza alle spalle, ed è stato come sigillare una stanza della quale solo io avevo la chiave.

Arrivata a casa, ho aperto la busta e ho cominciato a leggere le lettere dei miei compagni.

Quarta parte

Lettere al maestro

GENNARO

Caro maestro, sono Gennaro.

Cercherò di scrivere con la mia calligrafia migliore, perché non voglio che ti vengano gli occhi storti.

Intanto comincio col dirti che sono innamorato di Eliana. Lei però non vuole saperne di me. Se le tocco i capelli con un dito, si mette a strillare e mi dice: – Tieni giù le mani.

– Ma se non ti ho nemmeno sfiorata!

– No, non mi piace. Come devo fartelo capire?

– Perché un giorno non mi inviti da te?

Poi anch'io ti invito a casa mia.

– Non dire sciocchezze. A casa mia non viene mai nessuno.

E credo proprio che non abbia detto una bugia. Eliana non ha nemmeno un'amica del cuore. Figuriamoci se può considerare amico uno come me. Ormai l'ho capito, e ho deciso di lasciarla perdere.

Ciò non toglie che mi piace e che vorrei stare più spesso con lei. Ma io non sono mai stato con chi mi piace. E quando dico mai, intendo dire proprio mai.

Lo sai, vero, che sono stato adottato tre anni fa? Ma non sai come ho vissuto nell'istituto che mi ha ospitato dopo che i miei non hanno più voluto saperne di me.

Mi sembrava di stare in un carcere. E quante volte ho cercato di fuggire!

– Sei il bambino più ribelle e scatenato che ci sia in istituto – mi dicevano. – Se continui a comportarti in questo modo, come facciamo a convincere qualcuno ad adottarti? In questo modo li spaventi tutti e rischi di invecchiare tra queste mura.

Invecchiare tra quelle mura? Mai! Perciò mi sforzavo di essere più calmo e di fare addirittura l'angioletto. Ma mi costava tanto, e mi sentivo scoppiare dentro.

Allora, per non scoppiare, a un certo punto ho cominciato a cantare.

– Ma sentite che voce ha Gennaro! – esclamavano i guardiani.

– Gennaro, chi ti ha insegnato?

– Perché hai aspettato tanto a tirare fuori questa voce?

– Era ora che la smettessi di urlare!

Che sciocchi! Non capivano che io cantavo per la rabbia che avevo dentro.

Ad ogni modo, un giorno, finalmente mi dissero: – Gennaro, ricordi l'uomo e la donna con i quali hai passato un'ora nel parco, l'altro giorno?

– Me li ricordo.

– Bene, tieniti forte. Hanno deciso di adottarti. Sei contento?

Ero contento di andar via dall'istituto.

Ma per quell'uomo e per sua moglie, che durante la visita non avevano smesso un minuto di farmi domande, non sentivo proprio niente.

– Lui è un professore, la moglie scrive sui giornali e hanno una villa in collina. Ci pensi? Vivrai da signore. Anzi, da signorino. Non dimenticarti di noi. E magari vieni a trovarci, ogni tanto. Un po' ci mancherai.

Un po', eh? Secondo me, erano tutti contenti di vedermi partire. E io sarei stato felice di andarmene, anche se mi avessero portato ad abitare in una catapecchia di periferia.

Invece c'era davvero la villa in collina. Nella villa c'era una camera tutta per me, e dalla finestra potevo vedere altre ville e altre colline.

– Ti piace? – mi chiese subito la donna che si era seduta accanto a me nella macchina lussuosa e potente con la quale erano venuti a prendermi.

C'era davvero la villa in collina...

Naturalmente risposi di sì. Avere una camera a mia disposizione, invece di dormire in una stanza con altri bambini che frignavano o russavano, era un bel cambiamento.

– Ci riesci a chiamarmi mamma? – mi chiese ancora la donna.

Siccome volevo essere sincero, le risposi: – Per il momento no.

La mia risposta la rattristò.

– Vuoi che ti lasci solo?

– Sì.

Quando uscì dalla mia camera, mi sentii strano. Che cosa potevo fare in quella casa? Ero libero di andare in cucina e servirmi liberamente dal frigo? E dovevo chiedere il permesso per salire sull'albero che c'era in cortile? Capii subito che non potevo davvero fare tutto quello che volevo.

A tavola, per esempio, dovevo rispettare alcune regole.

– Lavati sempre le mani prima di venire a mangiare – mi ricordavano.

E va bene. Non mi costava niente sciacquarmi le dita nel lavandino con i rubinetti dalle cromature dorate.

– Non tenere tutti e due i gomiti sulla tavola – mi ripetevano.

E qui avevo voglia di ribellarmi. C'era tanto di quello spazio a destra e a sinistra del mio piatto, che non avrei disturbato nessuno nemmeno se avessi allungato le braccia sulla tovaglia. Quando guardavo la televisione, dovevo stare a una distanza precisa.

– Non vogliamo che ti rovini gli occhi – mi dicevano. – Presto andremo dall'oculista per una visita. Se dice che devi portare gli occhiali, li metterai.

Gli occhiali? Io ci vedevo benissimo, e in ogni caso non avevo nessuna intenzione di mettermi due lenti sul naso.

Il giorno in cui mi videro appollaiato sull'albero, successe un mezzo finimondo.

– Scendi subito di lì! – gridarono. – Anzi, aspetta. Andiamo a prendere una scala.

– Non ce n'è bisogno – dissi. – Io so arrampicarmi e scendere da solo. Ho imparato tanto tempo fa.

– Meglio non correre rischi. Resta dove sei, non ti muovere!

Una volta a terra, fui rimproverato molto aspramente.

– E non salire più sull'albero! Noi siamo responsabili della tua incolumità. Non vogliamo essere accusati di trascurarti e di esporti ai pericoli. Dalle ville vicine si vede tutto quello che succede in cortile.

Poi mi iscrissero a un corso di nuoto.

Nuotare mi piaceva e andavo volentieri a prendere lezioni in una piscina lontana quasi quattro chilometri dalla nostra villa.

Ma quasi subito bisticciai con l'istruttore, perché pretendeva che mettessi il salvagente come i bambini piccoli.

– Ma se so nuotare anche meglio di lei! – gli dissi.

– Qui si fa come dico io.

– Io il salvagente non lo metto.

– E io non ti faccio entrare in acqua.

– E io me ne vado.

E me ne andai veramente. Tornai nello spogliatoio, mi rivestii e andai a casa a piedi, senza aspettare che venissero a prendermi in auto.

Ma quando mi trovai davanti al cancello, e suonai ripetutamente, non venne ad aprirmi nessuno. Allora, per non annoiarmi ad aspettare, imboccai un sentiero ed entrai nel bosco che si trovava a poche centinaia di metri dalla villa.

Come si stava bene tra gli alberi! E più avanzavo lungo il sentiero, più mi veniva voglia di andare avanti. Quasi quasi speravo che il bosco non finisse mai.

Invece finì. E quando mi trovai davanti a una valletta e a un'altra collina, decisi di tornare indietro.

Davanti al cancello della villa, c'era un'auto della polizia.

– Eccolo! – gridò l'uomo che avevo cominciato a chiamare papà.

Fui letteralmente assalito e non riuscii a spiccicare una parola.

– Come ti è venuto in mente di andar via dalla piscina?

– Sapevi benissimo che sarei venuto a prenderti in auto.

– E perché non hai aspettato davanti al cancello?

– Che cosa sei andato a fare nel bosco?

– Ci sei andato da solo o con qualcun altro?

– Guarda che non puoi comportarti così.

– Ti avverto, se combini altri pasticci di questo genere, rischi di tornare all'istituto.

Per un momento desiderai tornare all'istituto, pur di non sentire quelle voci, quei rimproveri, quelle minacce.

Ma il solo pensiero di rientrare in quel luogo dal quale avevo sempre voluto fuggire, mi fece ricacciare dentro tutte le proteste che avrei voluto urlare. Scoppiai a piangere, e allora tutti si misero a consolarmi e a dirmi che l'importante era che non lo facessi di nuovo, che dovevo ragionare, rispettare le regole, ubbidire ai miei nuovi genitori per non correre rischi.

– Prometti? – mi chiesero prima di andare a letto.

Promisi. Volevo restare da solo e avrei promesso qualsiasi cosa.

In questi anni le cose non sono cambiate molto, maestro. E in certi momenti mi viene una malinconia che non ti dico. Continuano a dirmi: fai questo, non fare quello, comportati così e non comportarti cosà.

Io, invece, vorrei parlare di ciò che sento davvero dentro di me. Per esempio che vorrei incontrare, anche solo una volta, i miei genitori veri. Ho scoperto che vivono in Sardegna e che non hanno nessuna intenzione di vedermi.

Ma a chi posso parlare di questo?

I miei genitori adottivi non scherzano quasi mai con me. Avrei preferito che fossero poveri, che non avessero una villa e che mi portassero alle giostre.

Invece vivo in questo piccolo regno nel quale non decido quasi niente. Però devo dirti che mi sono innamorato delle colline.

La sera, prima che sia buio, mi affaccio alla finestra e mi immagino che oltre le loro cime ci siano dei mondi speciali da conoscere. E ogni notte mi preparo a visitarli tutti. Da solo, come un bambino libero.

Grazie per aver letto la mia lettera, maestro.

Gennaro

ELIANA

Maestro, perché non dici a tua moglie di venire da mia madre ad acconciarsi i capelli? Lo sanno tutti che lei è la parrucchiera più brava del quartiere. Quando le signore escono dal negozio, sono diverse da com'erano quando sono entrate.

C'è sempre folla, e bisogna prendere

appuntamento per essere servite con calma. I caschi e i fon sono sempre in funzione e l'odore degli sciampoo si sente fino in strada.

Quando esco da scuola, vado spesso nel negozio di mia madre. E le signore e le ragazze che lavorano lì a volte mi chiedono: – Farai anche tu la parrucchiera, quando sarai grande?

Io rispondo: Non lo so.

E loro insistono: – Ma come, con un negozio così bene avviato! Non ti piace trasformare le teste delle signore?

Anche le mie compagne a volte mi dicono: – Beata te. Tu hai già il futuro assicurato. Vedrai che a quattordici anni tua madre ti mette a lavorare nel negozio.

– Io a quattordici anni avrò ancora voglia di andare a scuola.

– Io invece lascerei perdere i libri e mi metterei subito a lavorare con caschi, pettini e bigodini.

Le mie compagne pensano che fare

la parrucchiera sia una specie di gioco. Io, invece, non la penso così. Dopo un'ora che sto nel negozio, mi sento soffocare e ho voglia di scappare.

– Vai già via? – mi chiede Luisella, che è una delle lavoranti più giovani di mia madre.

– Sì, devo andare a fare i compiti.

– Guarda almeno che bella messa in piega sto per fare a Cristina.

A me, però, della messa in piega di Cristina non importa proprio niente. Ma non lo dico, perché le clienti vanno trattate con gentilezza.

– Le signore che entrano nel negozio devono essere accolte come delle contesse – mi dice mia madre. – E quando se ne vanno, devono poter credere che il primo uomo che incontreranno per strada cascherà ai loro piedi. Io cerco di farle diventare come sognano. E quasi sempre ci riesco. Solo le donne capiscono le donne.

– Ci sono anche dei parrucchieri maschi!

– Quelli ci rubano il mestiere. Gli uomini dicono solo bugie. Davvero non vuoi fare la parrucchiera quando finirai i tuoi studi?

– I miei studi potrebbero durare a lungo, mamma.

– Secondo me un diploma basta. Io ho solo la terza media ed è più che sufficiente per fare questo lavoro.

– I tempi sono cambiati, mamma. Io voglio viaggiare.

– Peccato. Stai sprecando un'occasione. Se il negozio non lo rilevi tu, sarò costretta a venderlo. Io non posso fare la parrucchiera per sempre.

Però non devi credere, maestro, che il mestiere di mia madre mi lasci del tutto indifferente. Anzi, a volte, mi fa venire certe tentazioni! Come per esempio tre mesi fa. Tu non ne hai mai saputo nulla, ma nel negozio è successo un bel trambusto.

Adesso ti racconto.

Un lunedì pomeriggio, che il negozio

era chiuso e mia madre era in giro a fare delle spese, ho chiesto alle mie compagne: – Volete vedere il negozio di mia madre?

Tutte mi hanno risposto: – Sì, sì. Ci incuriosisce troppo.

E così, verso le cinque, le ho fatte entrare nel negozio e ho tirato giù la saracinesca, in modo che da fuori non si capisse che dentro c'era qualcuno a combinare pasticci.

E di pasticci ne abbiamo combinati un bel po'.

– Ci fai vedere come funzionano i caschi?

– Dove sono le tinture?

– E le sostanze per decolorare i capelli?

– Lo sai come si fanno le mèches?

– Dove sono le forbicine e le limette della manicure?

– È vero che alcune donne si fanno tagliare anche le unghie dei piedi?

– Sentite – ho detto io a un certo punto – io vi ho invitate in negozio, ma non possiamo toccare nulla di quello che c'è dentro. Mia madre domani deve trovare tutto in ordine.

– E allora che gusto c'è?

– Di chi hai paura?

– Tanto, non ci vede nessuno.

– Ti aiutiamo noi a rimettere a posto. Adesso, però, voglio fare lo sciampoo.

– Anch'io.

– Anch'io.

– Anch'io.

– Cosa? State scherzando?

– Dai, Eliana, lasciaci fare.

– Ma non è possibile!

In realtà ho fatto solo finta di essere scandalizzata. Infatti, di colpo, mi era venuta voglia di fare tutto quello che fa mia madre.

– E va bene. Però dobbiamo fare tutto con calma – ho detto alle mie compagne. – Sedetevi su quelle sedie e aspettate il vostro turno!

Le ho chiamate una dopo l'altra, ho lavato i capelli a ognuna di loro e infine le ho fatte accomodare sotto i caschi.

Le ho fatte accomodare sotto i caschi...

Quasi subito, però, hanno cominciato a lamentarsi.

– È troppo caldo!

– È troppo freddo!

– Mi sta facendo cuocere il cervello!

– Mi sta facendo gelare le orecchie!

Allora ho detto: – Forse è meglio se ve li asciugo con il fon.

Ma quando ho inserito la spina del fon nella presa, è saltata la corrente e siamo rimaste al buio.

– Cos'è successo?– hanno gridato tutte insieme le mie compagne.

– Un corto circuito, probabilmente.

In quel momento abbiamo sentito bussare sulla saracinesca, e una voce, quella di mia madre, ha chiesto: – Chi c'è nel negozio?

Noi siamo ammutolite, e quando mia madre ha ripetuto: – C'è qualcuno? Devo chiamare la polizia? – io ho bisbigliato alle mie compagne: – È meglio che usciate dal retro e ve ne andiate. Dirò a mia madre che sono venuta a fare pratica. Magari sarà anche contenta.

– Tua madre sarà contenta, forse. Ma noi abbiamo tutti i capelli bagnati!

– Se non ve ne andate, mi mettete nei guai.

Le mie compagne sono uscite di corsa dalla porta sul retro, e il giorno dopo erano tutte raffreddate.

– Nel tuo negozio non mettiamo più piede.

– Non è stata colpa mia. Come facevo a prevedere che mia madre sarebbe passata davanti al negozio? Avete fatto troppo chiasso.

Mia madre credette alla mia bugia e per qualche giorno frequentai regolarmente il negozio per farle credere che ero davvero interessata a imparare il suo mestiere.

In realtà, più che al suo lavoro, a volte presto attenzione ai pettegolezzi e alle chiacchiere delle signore.

– Come va tuo figlio a scuola?

– La mattina non vuole mai alzarsi.

– Il mio ce l'ho ancora all'asilo.

– Il mio va già alle superiori, e i suoi professori dicono che ha un quoziente di intelligenza mostruoso. Non lo dico per vantarmi. Ma fin da piccolo, in matematica, era più bravo di una calcolatrice.

– Stai già pensando alle vacanze?

– Quest'anno montagna, niente mare.

– Io vorrei andare in California.

– Io nella Repubblica Dominicana.

E io, a quel punto, dico a mia madre: – Me ne vado a studiare. Ho un sacco di compiti da fare.

Non è vero, naturalmente, perché tu i compiti ce li dai solo il sabato.

Ma come si fa a sopportare tutte quelle chiacchiere?

Ricordi che un giorno mi hai chiesto anche tu se da grande avrei fatto il lavoro di mia madre?

E io ti chiesi: – Tu che ne dici?

– Sarai una grande viaggiatrice.

E hai proprio indovinato, anche se non è stato difficile. Sono anni che mi vedi con la testa china sugli atlanti geografici, a seguire col dito catene di montagne, pianure, mari, fiumi, laghi. A volte hanno certi nomi strani!

Ma sono molto più interessanti delle boccettine di profumi che stanno nel negozio di mia madre.

Ciao, maestro. Preparati a ricevere molte cartoline da varie parti del mondo, dopo che avrò compiuto diciotto anni.

Eliana

PAOLO

Maestro, lo sai come mi chiamano nel quartiere? Paolo cuorcontento.

Io nella zona conosco tutti. Anche i pensionati che giocano a bocce e che certe volte mi invitano a giocare con loro.

– Io non sono vecchio – rispondo.

– Paolo, non offendere. Qui vecchi non ce ne sono.

– Ma se avete tutti più di sessant'anni!

– E allora? Ne abbiamo almeno altrettanti da vivere.

– Ve lo sognate. Io, forse, arriverò come minimo a centodieci.

– Vuoi giocare con noi, sì o no?

No, grazie, preferisco il pallone.

– Pallone, pallone! Ma non avete altro nella testa, voi ragazzi?

Sì, io altre cose nella testa ce le avrei. Però in primo luogo vorrei diventare un calciatore vero. Cioè uno che gioca le partite vere, negli stadi affollati di gente che urla e sbraita.

Ma non voglio fare il calciatore solo per guadagnare tanti soldi. Anche per quello, si capisce. Però ciò che più mi piace è segnare i gol. Quando ho il pallone tra i piedi, non gli do mai dei calcioni. Mi piace dribblare, fare le finte, saltare un avversario, e alla fine arrivare davanti al portiere e segnare con un colpo di testa, o un colpo di tacco.

– Paolo, chi ti ha insegnato a giocare così bene? – mi hai chiesto una volta.

E io ti ho risposto: – Nessuno. Mi sono sempre esercitato da solo, fin da quando andavo all'asilo.

Lo so che non ti piacciono i calciatori che guadagnano tanti miliardi. Dici che è un'indecenza dare tanti soldi a uno che fa un lavoro del genere.

Comunque, può darsi che tra qualche anno io cambi idea. Mio padre mi ripete: – Paolo, chissà cosa ti aspetta dietro l'angolo.

Io spero solo che sia una cosa bella. Ma non voglio cominciare a preoccuparmi fin da adesso. E poi io sono uno che non si preoccupa mai. Hai notato che non me la prendo nemmeno quando uno mi viene apposta addosso e mi fa uno sgambetto?

Io non sono il tipo che glielo restituisce.

Sono cose da bambini. E quelli della quinta A a volte sembrano proprio dei bambini di prima. Vengono perfino a bussare alla porta della nostra aula e poi scappano, credendosi furbi.

Una volta, mentre uscivo dal bagno, me ne sono accorto.

– Bamboccini, vi diverte tanto questo giochino? – chiesi ai due che si stavano allontanando in fretta.

– Ripeti quello che hai detto – mi minacciò Romolo.

– E perché dovrei ripetere? Hai sentito benissimo.

– All'uscita da scuola facciamo i conti.

Ma Romolo, con me, i conti non li ha mai fatti. È vero che io non me la prendo mai. Ma se uno si mette a picchiarmi, mi difendo.

Comunque, finora, non mi sono mai picchiato con nessuno. Nel quartiere vado d'accordo con tutti. Anche con i ragazzi più grandi, che a volte mi usano come postino per portare dei biglietti alle loro ragazze.

– Che cosa c'è scritto? – chiedo a Marilena quando le consegno un biglietto di Maurizio.

– Paolo, non fare il furbetto. Scommetto che conosci a memoria cosa c'è scritto.

– Giuro, Marilena, che non l'ho aperto. Non vedi che è ancora piegato in otto, come me l'ha dato Maurizio?

– Sei un bel tipo, Paolo. Comunque non dire mai ai miei che Maurizio mi manda dei biglietti. Altrimenti non mi fanno più scendere in cortile. Quei due sono proprio antiquati, capisci?

– Perché non vi telefonate tu e Maurizio?

– Perché non sono mai sola in casa. E poi preferisco i biglietti. Almeno me li posso rileggere. Dimmi la verità, Paolo. Secondo te Maurizio ha un'altra ragazza? Non è che tu, a mia insaputa, porti dei bigliettini anche a Daniela?

– Maurizio è innamorato solamente di te, Marilena. Ne sono sicuro!

– Lo spero proprio, perché lui mi piace moltissimo.

– Vi siete già baciati?

– Solo un paio di volte. Ma sono stati più che altro dei bacetti. I miei mi tengono d'occhio e non mi mollano mai. Per esempio, anche in questo momento sono sicura che mi stanno osservando.

– Io non vedo nessuno.

– Fai così. Girati piano piano e dai un'occhiata al balcone del quinto piano, che è proprio dietro le tue spalle. E poi dimmi chi c'è.

Io ero seduto accanto a Marilena sulla panchina vicino allo scivolo. Ho fatto come mi ha detto lei, e quando mi ha chiesto: – Chi c'è? – le ho risposto: – Un uomo con la barba.

– Mio padre. Se era sul balcone anche quando mi hai passato il biglietto, quando torno a casa mi chiederà di darglielo. Ma io non voglio assolutamente che lo legga. Quindi, per precauzione, te lo restituisco e me lo ridai oggi pomeriggio, quando scendo a fare la spesa, verso le quattro. Giuri che non lo leggerai? Contiene cose molto private.

– Marilena, di me puoi fidarti.

– Lo so. Sei uno splendido bambino, Paoletto.

– Chiamami Paolo, lo preferisco. Che cosa devo dire a Maurizio?

– Digli che va bene e che oggi pomeriggio gli consegnerò anch'io un biglietto. Cosa ti ha regalato per fare questa commissione?

– Tre pacchetti di figurine.

– Tieni, questi sono dei soldi per comprartene delle altre.

Maurizio è un tipo a posto, e mi dice sempre: – Paolo, quando hai bisogno di me, non hai che da fare un fischio.

– Grazie, me ne ricorderò. Perché il papà di Marilena non vuole che tu veda la figlia?

– Secondo lui, siccome io ho diciotto anni e Marilena quindici, non siamo fatti l'uno per l'altra. Ma si sbaglia di grosso.

lo a Marilena voglio davvero bene.

– Io vado a giocare a calcio, Maurizio.

– Ciao, Paoletto.

– Chiamami Paolo, lo preferisco.

Adesso mi conosci meglio, maestro? E per favore, non chiamarmi anche tu Paoletto. Chiamami Paolo, lo preferisco.

Paolo

OMAR

Ciao, maestro, sono Omar.

Che cosa posso dirti di me che già non sai? Ti ho sempre raccontato tutto.

Mi ricordo che non mi vergognai nemmeno quando ti dissi: – Lo sai che in casa ci siamo solo io e mia mamma? Io vorrei che ci fosse anche mio papà. Lui però è andato via e forse non torna più.

Da quella volta, non ti ho nascosto niente della mia vita familiare.

Mia madre è sempre stata una persona allegra, e non l'ho mai vista fare la faccia triste quando sta con me. Magari è triste quando io non ci sono.

– Ti piace il tuo lavoro? – le chiedo.

– Moltissimo. Con gli ammalati sto bene e con le colleghe vado d'accordo.

Come sai, lei fa l'infermiera. Ma continua a studiare.

Certe volte, quando si siede in cucina davanti a un libro, le si chiudono gli occhi e china la testa.

– Mamma, hai sonno? – le chiedo.

– Sì, ma voglio finire questo capitolo prima di andare a letto.

– Perché studi?

– Perché bisogna sempre puntare a un gradino più alto.

– Se papà fosse con noi, studieresti lo stesso?

– Naturalmente. Si studia per sé, non per gli altri.

– Perché se n'è andato papà?

– Perché non era fatto per il matrimonio. Ma lo ha capito solamente dopo essersi sposato, purtroppo. Comunque è valsa la pena sposarlo, visto che mi ha lasciato te.

– Pensi che tornerà un giorno?

– E chi lo sa? Può darsi che gli venga la curiosità di conoscerti. Ma può anche darsi che si vergogni di quello che ha fatto e che gli manchi il coraggio. Tuo padre è sempre stato un po' infantile.

– Io non ti lascerò mai, mamma.

– Un giorno lo farai, è normale.

– Ti dico che non lo farò mai.

– Adesso non pensiamoci. Stiamo così bene insieme!

– Hai proprio ragione.

Da alcune settimane mia madre fa anche il turno di notte.

– Dovrebbe durare soltanto un paio di mesi – mi ha detto. – Vuoi andare a dormire da Gemma, la nostra vicina?

– No. Io sto bene nel mio letto.

E così, da un po' di tempo, alcune notti dormo da solo.

Le prime volte ho avuto paura. Ma sapevo che mia madre aveva sempre il cellulare acceso, e che avrei potuto chiamarla in qualsiasi momento avessi avuto bisogno di parlare con lei.

La prima notte l'ho fatto, perché era mezzanotte e non riuscivo ad addormentarmi.

– Ciao, mamma.

– Ciao, Omar. Sei ancora sveglio o hai avuto un incubo?

– Sono ancora sveglio. Non volevo disturbarti.

– Non mi disturbi affatto, tesoro.

– Che cosa stai facendo?

– Ho appena finito di sostituire una flebo a una signora anziana.

– Ti vogliono bene in ospedale?

– Sì, perché io cerco di far stare allegri tutti, se posso. Un ammalato guarisce prima se quando gli porti una pastiglia gli fai anche un bel sorriso.

– A che ora torni?

– Sarò a casa per le sette. In tempo per prepararti la colazione e per chiacchierare un po' con te prima che tu vada a scuola.

– Buonanotte, mamma. Cioè, buon lavoro.

– Buonanotte, Omar. E chiamami, se non riesci a prendere sonno.

Quella notte ho dormito poco, ma non l'ho più chiamata. Non volevo che si sentisse in colpa.

Quando fa il turno di notte, mia madre va via verso le nove. Io do parecchie mandate alla porta e me ne vado nella mia camera. Di solito sulla scrivania trovo un bigliettino con le istruzioni che mi lascia la mamma. Lo rileggo tre o quattro volte, lo imparo a memoria e poi o guardo un po' la TV, oppure accendo il computer.

Il computer mia madre me lo ha regalato a Natale dell'anno scorso. Io non le avevo chiesto di comprarmelo, perché sapevo che non poteva spendere molti soldi.

Lei però sapeva che a me piaceva molto.

E così, la mattina di Natale, vado in soggiorno, e trovo il computer già montato.

– Non è possibile – balbettai.

Mia madre mi è arrivata alle spalle e mi ha detto: – Volevo che fosse una vera sorpresa. Perciò ieri sera, quando sei andato a letto, ho fatto venire il marito di Gemma. È uno che se ne intende, e in meno di un'ora ha sistemato tutto. Sai come funziona?

Certo che lo sapevo. Avevo imparato a casa di Enrico.

L'ho acceso e ho cominciato a spiegare a mia madre che cosa ci si poteva fare.

– Bisogna che impari anch'io – mi ha detto. – In ospedale alcune colleghe sanno già usarlo. Probabilmente otterrei un posto migliore e mi farebbero svolgere compiti più importanti se riuscissi a maneggiarlo bene. Mi devi dare delle lezioni.

– Quando vuoi, mamma.

Hai mai conosciuto una mamma come

la mia, maestro? Non credo. Lei è davvero speciale.

Anche quando andiamo in vacanza.

Abbiamo deciso che un anno andiamo in montagna e un anno al mare. E io mi sento orgoglioso quando scendiamo insieme in spiaggia o saliamo lungo un sentiero tra i boschi.

Mia mamma è ancora giovane, ha tanto fiato e non si stanca mai.

– Te la senti di arrivare fino a quella cima? – le chiedo.

– Eccome! Prima, però, mangiamo mezza tavoletta di cioccolata a testa. Ci darà l'energia di cui abbiamo bisogno.

Mia madre è una patita della cioccolata.

– Ma non devo esagerare – mi dice. – E nemmeno tu. Io per non mettere su troppa ciccia, tu per non guastarti i denti.

Ah, i miei denti! Sono la cosa di cui mia madre si preoccupa di più.

– Omar, una buona dentatura è tutto nella vita – mi ripete.

È per questo che andiamo dal dentista almeno quattro volte l'anno.

A me scoccia un po'. E glielo dico.

– Omar, fidati di me – mi dice lei.

– Io di te mi fido, ma del dentista no.

– Devi fidarti anche di lui. È uno che fa bene il suo lavoro.

Di questo non sono sicuro. Quando mi fa spalancare la bocca, sembra che vada alla ricerca di mostri microscopici. Controlla tra un dente e un altro, tra un dente e la gengiva, mi rivolta la lingua da tutte le parti, e quando dice: – Ahi, ahi, eccola qua una piccola carie – io comincio a sudare freddo.

– Userà il trapano? – gli chiedo.

– Naturalmente.

– E non si può curare in un modo diverso?

– Ancora no. Ma sono in corso delle ricerche. Apri bene la bocca.

Come odio questa frase!

– Un po' di pazienza, Omar – mi incoraggia mia madre.

Quando torniamo a casa, sono un po'

arrabbiato. Ma mi passa quasi subito.

– Un giorno mi ringrazierai – mi dice lei. – Andiamo al cinema stasera?

La risposta è subito sì. Mi piace andare al cinema con lei e stare due ore al buio a guardare un film sul grande schermo.

Naturalmente scegliamo per lo più dei film divertenti. Ma, a volte, mia madre mi porta a vedere anche dei film d'amore.

Prima che il film cominci, mi dice: – Non devi credere, solo perché tuo padre se n'è andato e la nostra storia è finita così, che l'amore non esiste. Esiste eccome, e bisogna sempre cercarlo. Solo che a volte si è fortunati e a volte no. Ma le emozioni che regala non somigliano a nessun'altra. Un giorno lo capirai.

Io guardo mia mamma, e penso che mio padre è stato uno sciocco ad andarsene.

Spero di incontrarlo un giorno, perché voglio dirglielo in faccia.

Ciao, maestro

Omar

ROBERTA

Caro maestro,

che cosa ti aspetti che ti dica nella mia lettera? La mia vita è un po' noiosa. Perciò, se decido di parlarti di me, dovrò dirti delle cose terribilmente normali.

Dovunque mi giri, trovo delle persone che mi vogliono bene.

A cominciare da mia sorella Ilenia.

Come sai, lei ha tre anni più di me e ho sempre cercato di imitarla.

Mia sorella è sempre stata sincera e disponibile con me.

Mi ricordo, per esempio, quando ho cominciato le elementari. Io non avevo voglia di andare a scuola e di stare separata da lei. Perciò scoppiavo spesso a piangere. E Ilenia, appena veniva a saperlo dalle mie compagne, correva a consolarmi.

– Hai voglia di stare un po' insieme a me e di chiacchierare? – mi chiedeva.

– Io voglio stare sempre con te – le rispondevo.

– Roberta, non si può. Comunque, se la tua maestra te lo permette, puoi stare un po' nella mia classe.

Allora io non ero ancora una tua alunna, e la mia maestra non voleva saperne di mandarmi nella classe di Ilenia.

Ma Ilenia tanto faceva e tanto diceva, che alla fine passavo almeno un'ora con lei.

A mia sorella io continuo a essere legata proprio come allora. Dormiamo nella stessa camera, e la sera, prima di addormentarci, parliamo molto. Ci raccontiamo le cose che abbiamo fatto durante la giornata e ci consigliamo a vicenda.

– Roberta, lunedì prossimo riceverò un premio – mi ha detto l'altra sera mia sorella.

– Che specie di premio?

– In due mesi ho letto dodici libri, e sarò premiata per questo.

Mia sorella è una divoratrice di libri. Io l'accompagno sempre quando va in biblioteca o in libreria e lei non la smette di parlarmi dei libri che le sono piaciuti di più.

Me li racconta con tanta precisione, che quando ha finito mi sembra di averli letti anch'io.

– Vorrei fare la scrittrice, un giorno – mi ha detto una sera.

– E di cosa parlerai nei tuoi libri?

– Di fantascienza.

In questo io sono diversa da mia sorella. Infatti a me piace leggere libri che parlano della vita di ogni giorno. Comunque cerco di fare tutto quello che fa mia sorella.

L'anno scorso ha cominciato un corso di danza e io mi sono iscritta con lei.

Mia zia dice che Ilenia mi ha plagiata.

– Non siete due sorelle gemelle – mi ripete.

– È meglio che vederle bisticciare – dice mia madre.

Io spero di non bisticciare mai con Ilenia. Però a volte mi chiedo: – E se un giorno dovesse mai succedere?

Mia sorella mi racconta sempre i libri che ha letto...

E provo a pensare a quali potrebbero essere le occasioni per litigare.

Una potrebbe essere che lei si trovi una vera amica del cuore e che non voglia più saperne di me.

Finora non è mai accaduto. Ilenia, tutt'al più, fa venire a casa un paio di compagne di scuola per fare i compiti insieme. Inoltre, non mi risulta che abbia un ragazzo.

Un giorno gliel'ho chiesto. E lei mi ha risposto: – I ragazzi che conosco io sono superficiali. Perciò non fanno per me, capisci?

Io non ho capito del tutto. Ma sono contenta che, almeno per il momento, non chieda di uscire con nessuno per andare al cinema o a mangiare il gelato.

Ieri sera, però, mia sorella ha spento la luce sul suo comodino e mi ha detto: – Parliamo un po'.

– Chi comincia? – le ho chiesto.

– Io.

– Di che cosa vuoi parlare?

– Di te.

– Di me?

– Sì. Ne hai di amiche nella tua classe?

– Le mie compagne sono tutte mie amiche – le ho risposto.

– Voglio dire, hai un'amica speciale? Una con la quale hai confidenza e puoi parlare delle cose più segrete?

– No, un'amica così non ce l'ho.

– Dovresti cercartene una.

– Perché?

– Perché è naturale alla tua età.

– Non ne ho bisogno. Io ho te.

– Ma io l'anno prossimo andrò alle superiori e forse non avrò più tanto tempo da dedicarti.

– Abiterai sempre in questa casa, no?

– Naturalmente. Ma potrei andare in posti dove tu non potrai seguirmi.

– Quali posti?

– Lasciamo perdere per ora. Ma tu pensa a quello che ti ho detto, eh? Adesso dormiamo. Buonanotte, sorellina.

– Buonanotte, Ilenia.

Le parole di mia sorella mi hanno un po' spaventata. Maestro, tu pensi che voglia cominciare a staccarsi da me? Se fosse così, questo mi sconvolgerebbe la vita.

Stamattina ne ho parlato con mia madre. E lei mi ha detto: – Roberta, Ilenia è ormai una ragazza grande. È naturale che pensi di allargare le sue amicizie e di avere altri interessi che non può condividere con te.

– Quali interessi?

Ma anche mia madre mi ha risposto: – Lasciamo perdere per ora.

Sembrava che si fosse consultata con mia sorella, e io mi sono sentita più spaesata che mai.

Ho cominciato questa lettera dicendoti che tutti mi vogliono bene, e che la mia vita è un po' noiosa. Ma penso che le cose stiano per cambiare.

E io ho una gran paura. Se d'ora in avanti non posso contare più su mia sorella, su chi potrò contare?

Lo so che cosa mi risponderai: – Conta su di te, Roberta.

Ma io non ci sono abituata, e non so come fare.

Mi sa proprio che ho bisogno del tuo aiuto, maestro.

Ciao. Magari stasera ti telefono.

Roberta

DANIELA

Caro maestro,

tu indovini sempre quello che c'è nelle nostre teste. Io, infatti, è da tempo che volevo scriverti una lettera. E adesso che me ne hai dato l'occasione, ne approfitto subito.

Sono le otto di sera, ho cenato e sono venuta a rinchiudermi nella mia camera. Sono figlia unica, come sai, e nessuno verrà a disturbarmi mentre scrivo. I miei sono di là. Mio padre è attaccato al computer, mia madre sta leggendo una rivista.

È solo un caso, però. Mio padre, infatti, non c'è quasi mai. Quelli come lui si chiamano *manager* e hanno sempre un sacco di cose da fare. Pensi che i miei compagni mi invidierebbero se dicessi loro che mio padre è sempre in viaggio tra New York e Londra, Zurigo e Tel Aviv, e che prossimamente andrà anche in Australia?

Non credo proprio. È per questo che non parlo mai a nessuno dei suoi viaggi.

Qualche volta ne parlo con lui, questo sì.

– Ti piace tanto andare di qua e di là? – gli chiedo.

– Che mi piaccia o no, devo farlo. È il mio lavoro.

– Però se lo fai, è perché hai scelto tu di farlo.

– Naturale.

– Allora deve piacerti per forza. Oppure lo fai solo per guadagnare tanti soldi?

– Non ti piace avere una bella casa come

la nostra, Daniela? Chissà quanti dei tuoi compagni vorrebbero avere una camera come quella che hai tu.

Ha ragione. Ho davvero una bella camera, arredata con gusto, provvista di tutto. Una piccola reggia privata, o una grande gabbia. Dipende da come la si vede.

Io per me ci sto bene. Perché sto bene da sola. Sono sempre stata bene con me stessa.

Hai notato che a scuola non ho molti amici? E quei pochi che ho sono amici per modo di dire. Io credo che un amico sia uno che capisce al volo di cosa hai bisogno e ti dà una mano a realizzare i tuoi desideri e i tuoi sogni.

Ma forse io agli amici chiedo troppo.

Con i maschi non mi trovo bene, anche se spesso vorrei essere come loro. Sarà per questo che non metto mai la gonna e indosso sempre i jeans.

Quanto alle femmine, beh, con loro la faccenda è diversa.

Mi piace stare con le altre bambine. Ma mi sembrano tutte più sveglie di me. Parlano già da ragazze, si vantano di avere un fidanzato, si mostrano i bigliettini che ricevono e pensano già di truccarsi.

Io, invece, a parlare di queste cose mi sento a disagio.

L'altro giorno Giulia mi ha chiesto: – Daniela, come mai non hai ancora un ragazzo?

– È forse obbligatorio? – le ho risposto.

– No. Ma c'è Roberto che si metterebbe volentieri con te.

– Io però non mi metterei con lui.

– Con me puoi confidarti. Lo sai che ti sono amica. Per caso conosci qualcun altro fuori dalla scuola? Magari uno ricco come te.

– Non conosco proprio nessuno. E smettetela di dire che sono ricca.

– Non è vero, forse?

– Sì, ma a me non importa niente.

– Dev'essere così. Infatti indossi sempre lo stesso paio di jeans.

Giulia dice di essere mia amica. Ma io non so se lo è veramente. Siamo troppo diverse di carattere noi due. Lei è una che chiacchiera sempre, che si trova bene dappertutto, che scherza con i maschi e con le femmine, fa danza e tante altre cose. Diciamo che è quasi il contrario di me, che sono un po' musona e che scherzo e rido poco.

Ma forse è proprio per questo che Giulia mi piace. Forse vorrei essere come lei. Ma non ne sono sicura.

Ecco, io sono una che non è sicura di niente.

Questo non vuol dire che sono arrendevole. Quando mi impunto, non c'è verso di smuovermi.

Ne sa qualcosa mia nonna, che quando viene a trovarci mi chiede di uscire con lei, di accompagnarla ai giardini o di andare a mangiare un gelato in cremeria.

– Daniela, hai poco più di dieci anni e non puoi startene sempre rintanata nella tua camera. Su, vieni, andiamo a divertirci.

– Mi dispiace, nonna, ma ho molte cose da fare.

– E cosa, per l'amor del cielo?

– I compiti.

– Non posso credere che in quinta elementare vi facciano studiare tanto.

– Invece è così. E poi quest'anno ho gli esami.

– La scuola è proprio cambiata. Non si può sacrificare a tal punto una bambina. Credo che tu abbia un maestro troppo severo.

Tu severo! Figuriamoci. Non so proprio come farò quando lascerò la scuola e non ti vedrò più tutti i giorni. Mi permetterai almeno di telefonarti e di venire a trovarti ogni tanto? Prima di chiudere questa lettera, voglio dirti la verità sul livido che ho sul collo e che a te non è sfuggito.

Ti ho detto una bugia quando ti ho raccontato che avevo battuto contro la testiera del letto. Ma c'erano troppi compagni intorno, e non ho potuto essere più precisa.

Non mi piace raccontare gli incidenti della mia vita. E infatti quel livido è proprio la conseguenza di un incidente.

L'altra sera stavamo tornando da un ristorante che si trova in collina, e a una svolta mio padre ha perso il controllo dell'auto.

C'era un pietrone sulla strada, e non è riuscito a evitarlo. Siamo rimasti in bilico su un precipizio, e c'è mancato poco che finissimo cinquanta metri più sotto.

Io me la sono cavata con un livido. Mia madre, invece, ha battuto la nuca contro il poggiatesta e hanno dovuto metterle il collare. Mio padre ha avuto un bernoccolo in fronte per due giorni, e appena i segni della botta sono scomparsi, ha fatto le valigie, ha sistemato il computer portatile in una borsa ed è partito.

Sai una cosa, maestro? A differenza dei miei che erano terrorizzati, io non avevo per niente paura. Non so se è perché non mi sono resa conto del pericolo che abbiamo corso, o se sono soltanto un'incosciente.

Questa estate mio padre mi porterà a Parigi. Spero di vedere qualcosa di indimenticabile.

Chissà, forse sta venendo anche a me la voglia di viaggiare. Forse un giorno diventerò anch'io come mio padre.

Ciao, maestro

Daniela

SAMUEL

Ormai posso dire di conoscere bene Samuel. Siamo in classe da cinque anni, e spesso vado a trovarlo a casa sua insieme a Tazio.

Samuel se ne sta rannicchiato su una carrozzella, non può muovere le gambe e le braccia, e non può neanche parlare. È nato così e non c'è niente da fare.

– Non si può metterlo nemmeno davanti a un computer? – chiesi un giorno al maestro. – È vero che certi tipi di computer si comandano anche soltanto con gli occhi?

– Non mi risulta, Valentina – mi rispose.

La domanda gliela feci perché Samuel, in pratica, parla con gli occhi. Ed è guardandolo negli occhi che io capisco tutto quello che ha da dirmi.

Perciò, insieme, ci facciamo delle lunghe conversazioni.

– Stai bene? Hai sonno? Ti fanno male i denti? Vuoi fare una passeggiata nel corridoio? Vuoi che ti legga una storia?

Gli occhi di Samuel si illuminano, oppure si fanno piccoli e cupi.

E io rispondo: – Ho capito. Preferisci andare in cortile. Ma devi aspettare ancora una mezz'oretta. Il maestro deve finire la sua lezione di geografia.

Lo so che non potrò mai capire tutto di Samuel. Io corro, lui sta immobile, io racconto, lui ascolta, io grido, lui sta zitto. A parte quando piange, perché ha male da qualche parte, o perché non si riesce a indovinare che cosa vuole. Eppure mi sforzo spesso di entrare nella sua testa, per pensare e vedere ciò che pensa e vede lui.

Certe volte mi siedo su una poltrona, incrocio le gambe e provo a restare ferma per un po', per capire come si sente Samuel sulla sua carrozzella.

Finisce sempre che o mi sento sciocca, o mi sento male.

Una volta l'ho detto a Samuel. E lui mi ha sorriso come se volesse dirmi: – Valentina, non hai di meglio da fare?

– Io volevo spiegarti, Samuel...

– Ho capito, ho capito. Non sono mica sciocco.

Samuel certe cose le capisce meglio di come le capisca io.

Ma non può dirle né scriverle. E così, quando il maestro ci ha chiesto di scrivergli una lettera, ho detto a Samuel: – E se la scrivessi io al posto tuo? Poi te la leggo e, se sei d'accordo, gliela diamo. Altrimenti la strappo e finisce lì.

Samuel mi ha fatto cenno di sì con la testa e io, tremando un po', ho preso la penna e ho scritto.

Caro maestro,

è davvero un bel guaio. Che cosa farò adesso che finisce la scuola? In quale istituto mi posteggeranno? Se ci penso, mi viene da piangere.

Lo so che tu, Tazio e Valentina, verrete a trovarmi ogni tanto. Ma solo ogni tanto. Finora, invece, vi vedevo tutti i giorni.

Io faccio quasi sempre il cocciuto con mia madre. Ma quando mi veste la mattina, non faccio mai i capricci. Ho troppa voglia di venire in classe. Perciò mi lascio imboccare, e cerco di non sbrodolarmi troppo con il latte e i biscotti.

Poi mi faccio portare vicino alla finestra, e mi metto a guardare in strada. Osservo sempre l'incrocio con i semafori. È da lì che arriva il pulmino che mi carica con la carrozzella e mi porta a scuola.

Guglielmo, l'autista, è un bel tipo e ha

dei muscoli d'acciaio. Se un giorno non funzionasse quella specie di montacarichi, sarebbe capace di sollevarmi insieme alla carrozzella e di posarmi come un filo di paglia nel pulmino.

– Samuel, sei sempre allegro quando vengo a prenderti – mi dice. – Mio figlio, invece, mi fa disperare. Cosa ci trovi di tanto interessante nella tua classe?

Purtroppo non posso parlare. Altrimenti gli direi: – Ci trovo il maestro e i miei compagni. Soprattutto Valentina e Tazio, i miei due angeli custodi.

E te, maestro, come dovrei chiamarti? Mah, non lo so proprio. Come si chiama uno che viene a toglierti da una scuola dove tutti sono seduti per terra o in una carrozzella, e non possono parlarsi tra loro?

È questo che tu hai fatto proprio il giorno in cui ho compiuto sette anni.

Sei venuto in quella scuola che chiamavano speciale e mi hai detto: – Da domani tu diventi un alunno della mia classe.

«Un alunno della tua classe? E che significa?», avrei voluto chiederti.

Lo capii quando entrai nella tua aula, e venticinque facce si voltarono a guardarmi come se venissi da un altro pianeta.

Allora i tuoi alunni avevano solo sei anni, e forse non capivano la differenza tra uno che sta fermo e uno che può muoversi quando ne ha voglia. Io, invece, che avevo un anno più di loro, la capivo benissimo. Avevo cominciato a farmi domande da un pezzo, e la mia testa era come un motore su di giri.

All'inizio ho avuto paura che la mia vita sarebbe stata come nell'altra scuola: messo in un angolo e pulito ogni tanto. Comunque, se non altro, qui potevo vedere bambini che si rincorrevano, che si tiravano i capelli, che si prendevano per mano e che qualche volta si abbracciavano.

Avrei voluto essere abbracciato anch'io. Ma potevo sognarmelo. Quando non mi controllo, sbavo un po', e bisogna che qualcuno prenda un tovagliolo di carta e venga a pulirmi. Ma io che ci posso fare?

Eppure una volta, quando ci mettesti in cerchio per raccontarci una storia, mi misi a ridere con tanto gusto, che Valentina esclamò: – Guardate come ride Samuel!

Poi si alzò e venne a darmi un bacio. Io diventai rosso e smisi di ridere.

Non mi sono mai sentito solo nella tua classe.

All'inizio eri tu che mi parlavi sempre.

– Vediamo se riesco a farti disegnare – mi dicevi.

Mi mettevi un foglio davanti, lo bloccavi sul ripiano della carrozzella con alcune strisce di nastro adesivo, e cercavi di inserire tra le mie dita un grosso pennarello.

Fatica sprecata. Le mie dita erano come artigli contratti e non riuscivo ad afferrare proprio niente.

Ma tu non ti lasciavi smontare e dicevi: – Vabbè, ho capito, bisogna che disegniamo insieme. Ma ti avverto, io non sono bravo. Che cosa vogliamo disegnare?

Io guardavo fuori dalla finestra, tu seguivi la direzione del mio sguardo, e quando incrociavamo il volo di un uccello, mi chiedevi: – Disegniamo quella rondine che sta facendo la matta nell'aria?

Poi afferravi il pennarello e la mia mano, e sul foglio prendeva forma una specie di scarabocchio che mi faceva scoppiare dalle risate.

– È inutile che sghignazzi – dicevi. – Te l'ho detto che sono una frana. E poi tu non ci stai mettendo nessun impegno. Dai, Samuel, datti una mossa.

Avrei dovuto offendermi, per quelle parole. Ma io capivo perfettamente con quale sentimento me le dicevi. E guardavo Valentina, che ci fissava meravigliata e non capiva bene che cosa stava succedendo tra noi due.

Mi ricordo che un giorno le dicesti: – Valentina, e se ci dessimo il cambio con Samuel? Hai voglia di disegnare con lui?

– Io disegno così così – ti rispose.

– Che cosa sai fare bene, Valentina?

– So leggere.

– Allora potresti leggere una storia a Samuel.

– D'accordo.

E da quella parola, "d'accordo", si può dire che cominciò la nostra amicizia.

Da quel giorno Valentina cominciò a leggermi delle storie e non la smise più.

A volte ci permettevi di andare nel corridoio, o nella stanza dove per terra c'era un quadrato di moquette. Allungavi un tappetino, mi stendevi sopra e dicevi a Valentina: – Quando avete voglia di tornare in classe, venite a chiamarmi.

Io su quel tappetino ci sarei rimasto delle ore.

Non mi sembrava vero di potermene stare sdraiato, le braccia allargate, gli occhi al soffitto e le orecchie aperte a seguire la storia di Valentina.

A volte chiudevo gli occhi e Valentina mi chiedeva: – Stai dormendo?

No, non stavo dormendo. Stavo solo seguendo con la fantasia la storia che lei mi stava leggendo senza sbagliare una parola.

Tazio è diventato mio amico negli ultimi anni. E adesso è uno dei migliori che ho.

Come si fa a diventare mio amico? All'inizio non lo avrei creduto possibile. Io sono un albero che non riesce a crescere perché sta sempre piegato su se stesso.

Eppure Tazio ha sempre passato un sacco di tempo con me. E nessuno gli ha mai chiesto di farlo.

Un giorno Tazio mi disse: – La sai una cosa, Samuel? Sei un tipo simpatico. Scommetto che se potessi parlare, saresti capace di inventare un sacco di barzellette. Ma dato che non puoi, te le racconto io.

Tazio è davvero un esperto in barzellette e potrebbe scrivere un libro, se volesse. Lo rimpiangerò. Ha promesso che verrà a trovarmi nel posto dove andrò, e credo che manterrà la promessa. Anzi, ne sono certo. Lui non è il tipo da tradire gli amici. Sugli altri compagni non voglio dire niente. Tutti, più o meno, mi hanno trattato bene.

In questi giorni li sento parlare della nuova scuola che frequenteranno e dei loro progetti per le vacanze.

Anch'io andrò in vacanza. In un posto in montagna dove ospitano i tipi come me: quelli che hanno bisogno delle gambe degli altri per spostarsi. Mi hanno detto che ci porteranno tra i prati e in mezzo ai boschi. Spero che a qualcuno venga l'idea di mettermi giù dalla carrozzella e di coricarmi sull'erba. Voglio guardare il cielo con la testa posata per terra. Faccio sempre una fatica tremenda per tenerla diritta!

Ma chissà se gli adulti ai quali sarò affidato riusciranno a indovinare questo mio desiderio. Ci vorrebbe un Tazio o una Valentina per spiegare a quella gente di che cosa ho veramente bisogno. Oppure ci vorresti tu, maestro.

Invece non ci sarà nessuno di voi e dovrò arrangiarmi da solo.

Tazio e Valentina sono diventati i miei migliori amici...

Valentina un giorno ti disse: – Nessuno sa parlare bene con gli occhi come Samuel.

Si sbagliava. Anche tu sei bravo a dire tante cose con gli occhi. Come hai fatto a imparare? Forse, prima di me, hai conosciuto altri bambini che mi somigliavano?

Per me, invece, è stata la prima volta che ho conosciuto uno come te.

Ah, volevo dirti: grazie, maestro.

Samuel

MARIKA

Ciao, maestro, sono Marika.

In questa lettera vorrei raccontarti una storia, anche se non sono brava come te. Non lo sono mai stata. Sarà per questo che mi affascina ascoltarti. Quando leggi o racconti, chiudo gli occhi e mi lascio andare.

Sarà dura dover rinunciare alle tue storie. Ormai non mi resterà che ripiegare su quelle che mi racconta la mia nonna.

Ti piace mia nonna, vero? Credo proprio di sì. Quando viene a prendermi alle quattro e mezzo, non la smettete mai di parlare.

– Cosa mi dice di Marika, signor maestro?

– Solo cose belle, signora. È una bambina volenterosa, anche se ha un caratterino...

– Lasci perdere il suo caratterino, lo conosco bene anch'io.

– Però andate d'accordo, no?

– Questo sì. Sarà che un po' ci somigliamo.

In questo mia nonna ha ragione. Credo che da piccola anche lei fosse irrequieta e impulsiva come me. Anzi, ne sono certa.

Quando ci sediamo insieme nel soggiorno e parliamo, lei mi racconta spesso di come si comportava quando aveva la mia età.

– Ero la disperazione di mia madre – mi dice. – Non stavo mai in casa e non andavo volentieri a scuola. Il mio maestro era un vero e proprio tiranno, e più di una volta gli avrei dato volentieri un pugno sul naso.

– E non l'hai mai fatto?

– Non ne ho mai avuto il coraggio.

– E mia madre com'era?

– Più o meno come te.

– Allora dev'essere una tradizione di famiglia!

– Già, la famiglia dei Gianburrasca.

Quando parla di mia madre, la nonna sospira e allarga le braccia.

– Speriamo che sia la volta buona – ripete.

Io non so che dire, e penso a mia madre che passa la sua vita a cercare il compagno ideale.

Adesso frequenta Marco, un tipo che mi piace.

– Marika, credo che ci siamo – mi ha detto un paio di settimane fa mia madre.

– Ne sei sicura?

– Ne sono quasi certa. Prova ne è che io Marco lo voglio proprio sposare.

– E lui è d'accordo?

– Per il momento tentenna un po'. Ma solo perché sta aspettando un posto stabile presso una azienda che gli ha promesso di assumerlo con un buon contratto. Appena firma, ci sposiamo.

Mia madre fa l'impiegata, e io la vedo solo poche ore la sera, dopo che viene a prendermi dalla nonna. Ma il sabato e la domenica li passiamo insieme.

– Che ne dici se Marco viene a vivere da noi? – mi ha proposto domenica scorsa.

– Sei tu che devi decidere.

– Ma vorrei che fossi d'accordo anche tu.

– Hai detto che vuoi sposarlo?

– Sì, il più presto possibile.

– E allora fallo venire.

Così è probabile che presto in casa ci sarà anche un uomo.

– Mi dispiace ma io non lo chiamerò papà – ho detto ieri a mia nonna.

– Non credo che tua madre ti chiederà di farlo. Certo che se si sposano e tua madre si decide a costruire una famiglia come si deve...

Mia nonna mi chiede sempre: – Sei sicura che non soffri per questa situazione?

E io le rispondo: – Nonna, io voglio bene a mia madre.

– Però, crescere senza padre... Insomma, hai solo donne intorno a te.

– Ma tu e la mamma siete due donne davvero speciali.

– Che cosa ci trovi di speciale in me?

– Sei allegra, sei forte, non ti spaventi per nulla e sai raccontare storie. E sai calmarmi quando ho il cuore che rimbomba.

A queste parole, mia nonna si frega le mani e dice: – Preparo una torta di mele. Diamoci da fare.

Credo che se resto ancora un po' con la nonna, diventerò una specialista in torte e crostate, maestro.

Ma sarà meglio che le mangino gli altri. Come vedi, sono piuttosto rotonda e la cosa comincia a darmi un po' fastidio.

Ma solo un po'. E non perché voglio piacere ai ragazzi o roba del genere. È che non voglio diventare lo zimbello degli altri.

Comunque non sarà difficile. Mi basterà soltanto "assaggiare" le torte della nonna. Adesso, invece, le "divoro". A colazione, a merenda e a cena.

Sto bene con mia nonna, ma ho tanta voglia di passare più tempo con mia madre. Se Marco viene ad abitare con noi, è probabile che mia madre stia meno fuori casa, e dunque passi un po' più del suo tempo con me.

Se avessi un fratello, forse le cose sarebbero diverse. Ma dato che sono figlia unica, mia madre un po' ne approfitta. E se non ci fosse mia nonna?

Beh, lasciamo perdere i "se". Sento che le cose stanno per cambiare. E quando le cose cambiano, da un lato ti viene la tremarella, dall'altro ti nasce dentro una grande curiosità di vedere come cambieranno. Ne abbiamo parlato in tante occasioni, ricordi?

Dimmi la verità, maestro: come hai fatto a sopportare tutte le cose che io e i miei compagni ti abbiamo detto? Scommetto che la maggior parte le hai dimenticate.

Ma spero che almeno alcune di quelle che ti ho confidato non le dimenticherai.

Mi piace rimanere nei ricordi delle persone. E soprattutto mi piace rimanere nei tuoi.

È per questo che ti ho scritto volentieri questa lettera.

Buoni ricordi, maestro!

Marika

NICO

Che cosa devo fare? Ah, sì, devo scriverti una lettera, maestro.

Lo so che penserai: «Figuriamoci se Nico ne ha voglia!».

Beh, questa volta ti sbagli. Ne ho voglia

eccome. Non so fino a quando durerà, però. Cioè, non so se questa lettera sarà lunga o corta.

Vedremo quando avrò finito.

Allora comincio.

Un momento: ho già cominciato!

D'accordo, dilla la parola. Cioè chiamami come mi chiamano gli altri. Nico il lunatico.

No, non lo farai. Io per te sono soltanto "distratto". È così che dici a mia madre quando viene a parlarti.

– Nico? È sempre distratto. Ha altro per la testa, signora.

– Ed è grave, signor maestro?

– Insomma, non è proprio una malattia...

– Ma poco ci manca.

– Non esageriamo.

Ah, maestro, io potrei venire a scuola in pigiama, e tu diresti: – Nico, sei proprio distratto.

Hai ragione, lo so benissimo che ho sempre la testa tra le nuvole.

Una volta sono uscito a comprare il latte. E mentre tornavo a casa, ho sbagliato strada. Sono arrivato in una via dove non ero mai stato, mi sono fermato di fronte a un portone davanti al quale non ero mai passato, ho suonato il citofono di una famiglia che non conoscevo, e quando una voce di donna mi ha chiesto: – Chi è? – , io ho risposto: – Sono io mamma. Lascio il latte e vado a giocare.

Dopo una pausa di alcuni secondi, la donna mi ha detto: – Prima di tutto io non ho figli, e del tuo latte non so che farmene. Vai a fare lo spiritoso da un'altra parte, giovanotto.

A quelle parole, mi sono guardato intorno e mi sono chiesto: – Ma dove sono? E cosa sto facendo?

– Stai disturbando la gente per bene – , ha detto con rabbia la donna. – Adesso mi affaccio alla finestra e chiamo la polizia con il mio cellulare.

Sono scappato via a gambe levate.

Beh, tu lo sai che cosa avevo per la testa quando ho sbagliato strada, portone e casa, maestro?

No, non puoi saperlo, perché non lo so nemmeno io.

Forse la mia testa appartiene a qualcun altro. Un giorno verrà a riprendersela e mi darà quella che mi appartiene.

Mah, la vita è proprio strana, maestro.

Per esempio, perché io devo imparare la matematica? Che cosa me ne importa di quei segni che tu chiami più, meno, per e diviso?

E perché devo sapere per forza che la luna gira intorno alla terra? Tanto, lei gira lo stesso.

Mi piace la luna, sai? Certe volte mi affaccio alla finestra prima di coricarmi e le chiedo: – Che ci fai lassù? Illumini la notte perché le stelle non bastano? È vero che sei amica dei gatti? E perché un po' sei rotonda, un po' sei a metà, un po' sei come un cornetto? No, no, non voglio saperlo, se no sarebbe come se mi mettessi a studiare astronomia. E io non voglio saperne di studiare.

Tu hai capito che tipo sono ed è per questo che non ti arrabbi mai con me.

Però qualche volta, forse, dovresti farlo.

No, no, ritiro quello che ho detto. È meglio che, almeno tu, stia calmo. Ci pensano i miei a urlarmi nelle orecchie e a dirmi che non combinerò mai nulla di buono nella vita.

La vita? Cos'è la vita, maestro?

Ecco, vedi? Tutto a un tratto mi metto a fare domande senza senso. Ma te lo chiedo perché su questo la pensi come me.

Insomma, sei tu che mi hai detto spesso: – Ci sono più domande che risposte, Nico.

Da quelle parole ho capito che da piccolo forse un po' mi somigliavi.

È così?

Un giorno, come per scherzo, te l'ho chiesto. E tu mi hai risposto: – Nico, lo sai che forse hai ragione? Anch'io mi perdevo volentieri nella campagna e nei boschi.

– E cosa avevi per la testa?

– Non me lo ricordo più.

Poi però sei cambiato. E ti sei messo addirittura a fare il maestro. Una bella fortuna, per me. Se fossi capitato in un'altra classe, scommetto che mi avrebbero mandato chissà quante volte dal medico scolastico o dallo psicologo.

Anche mia madre lo pensa. Secondo lei ci vuole uno così per raddrizzarmi la testa.

Raddrizzarmi la testa? E perché? È vero che scambio strade e indirizzi. Ma non ho mai attraversato col semaforo rosso.

Mi piace quando parliamo insieme io e te.

– Nico, cosa vogliamo fare? – , mi chiedi.

– In che senso?

– Nel senso che agli esami un paio di maestre, oltre a me, ti chiederanno di calcolare il perimetro e l'area di qualche figura geometrica, per esempio.

– Tipo?

– Tipo un cerchio, un rettangolo, un poligono, un trapezio...

– Un trapezio? Come quello che si vede al circo al quale si attaccano gli acrobati?

– Nico, hai sempre voglia di scherzare?

– No, solo quando mi va.

– Che cosa ne pensi dei grandi?

– Non ne penso niente. No, un momento. Penso che fanno delle domande strane e che vogliono delle cose ridicole. A parte te, naturalmente.

– E tu che cosa vuoi, Nico?

– Io? Voglio delle cose impossibili.

– Anch'io le voglio.

– Eh, sì, sei proprio un tipo strano, maestro. Conservati sempre così, mi raccomando.

Incredibile. Non ho mai scritto tanto in vita mia. Che cosa mi è successo?

Adesso però la mia lettera è davvero terminata.

E io mi sento un po' confuso.

Cosa posso dirti per concludere?

Ciao, maestro.

Nico

CARMELA

Buongiorno, maestro. Sono le 17 e 45 di un pomeriggio pieno di sole e ho rinunciato a scendere ai giardinetti per scriverti questa lettera.

Il mio gatto se ne sta appollaiato in poltrona, la mia tartaruga annaspa nella vaschetta e il mio scoiattolo non la smette di sgranocchiare nocciole.

Mia madre sta facendo andare la macchina da cucire e smetterà tra dieci minuti precisi per preparare la cena.

Sulla mia testa sento i passi strascicati di Antonietta. Antonietta ha quasi ottant'anni ed è arzilla come mia nonna, che però di anni ne ha cinquantanove.

Hai visto? Ho cominciato questa lettera come se stessi scrivendo una pagina di diario.

È colpa tua, e lo sai benissimo.

Siccome non avevo voglia di scrivere, in

terza mi dicesti: – Perché non ti compri un diario? Magari ci prendi gusto ad annotare fatterelli e particolari.

Non solo ci ho preso gusto. Da allora non ho fatto altro che riempire un quaderno dopo l'altro. E la mia vita è cambiata da così a così.

Mia madre, che si lamentava di avere una figlia che non era capace di metter giù "due righe come si deve", adesso deve strapparmi i quaderni di mano, perché non la smetto di scrivere.

Ma non potrà mai farcela. Infatti io mi porto dietro i diari dappertutto: nella mia camera, ai giardinetti, in piscina e anche quando vado a fare la spesa.

Io annoto tutto e non mi sfugge nulla, maestro. Se vuoi sapere com'era il cielo alle 13 e 30 di un giorno qualsiasi, chiedilo a me. Sicuramente devo averne preso nota in uno dei miei diari.

Lo so, è diventata un'ossessione. Ma non so proprio che cosa farci.

Lo sai che dormo con il diario sul comodino? A volte mi capita di svegliarmi, mi vengono dei pensieri e li annoto subito.

Oppure capita che sento chiacchierare Antonietta, e riporto le sue parole.

Antonietta, infatti, parla ad alta voce perché è un po' sorda.

Un giorno le dissi: – Antonietta, qualche volta ti sento parlare anche alle due di notte. Non pensare che ti spii. È che c'è tanto silenzio che si sente tutto.

– Non importa. Io non ho niente da nascondere.

– Veramente non capisco proprio tutto. Però volevo chiederti: come mai parli da sola?

– E chi ti ha detto che parlo da sola?

– Vuoi dire che c'è qualcuno con te?

– Naturalmente.

– Antonietta, io ho sempre saputo che vivi sola.

– Infatti è così.

– Non capisco. Puoi essere più chiara?

Antonietta sospirò come si fa quando si ha a che fare con una ingenua e mi disse: – Io la notte parlo con mio marito.

– Tuo marito? Ma non è morto?

– Sì. Ma di notte viene a trovarmi e ci facciamo delle belle chiacchierate. Poverino, si sente così solo.

– E come fai a parlare con tuo marito, Antonietta? Non verrà da te come viene un fantasma?!

– Ma quale fantasma! Non vuole spaventarmi. Lui mi parla e basta. Ah, è così bello ricordare gli anni che abbiamo passato insieme!

Io guardai Antonietta con gli occhi sbarrati, e lei mi disse: – Preferirei non si sapesse delle mie chiacchierate con Raimondo.

– Ti prometto che non le riferirò a nessuno, Antonietta. Le annoterò solo nel mio diario.

– Sei una brava bambina. Mi piacerebbe farti parlare con Raimondo, una volta. Purtroppo viene a trovarmi solo di notte.

Tu capisci che i miei diari contengono anche molti segreti, maestro. E questa è una bella responsabilità, te lo garantisco.

Se te ne parlo, è perché so che non spifferi a nessuno le confessioni dei tuoi alunni.

Lo sai che nei miei diari sei finito spesso anche tu? Non ti interessa sapere che cosa ho scritto di te? Comunque te lo dico lo stesso. Ti ricordi che una mattina sei venuto a scuola senza esserti fatto la barba? Quando te ne accorgesti, ti passasti una mano sul viso e dicesti: – Scusate, ragazzi, ma non ho fatto in tempo a sbarbarmi.

Allora io ti chiesi: – Cosa ti è successo?

– Ho passato una nottataccia –, mi rispondesti. – Mi ha fatto impazzire un mal di denti micidiale.

Fu esattamente il 13 febbraio di due anni fa. Erano le 8 e 35 e indossavi un impermeabile. Non ti avevo mai visto così stralunato.

Te ne sei dimenticato? Ti assicuro che è tutto vero. Del mio diario ti puoi fidare.

Sto pensando di regalartene uno. Magari proprio quello in cui ho parlato della tua nottataccia. Ormai sto diventando una vera memoria ambulante. Mia madre, invece, dice che sto imparando solo a fare la ficcanaso.

Ma non è così. La gente dimentica troppe cose e non bada a molte altre.

Io faccio tutto il contrario.

Tu da che parte stai, maestro?

Dalla mia, ne sono certa.

Sono sicura che anche tu tieni un diario. Se è così, ci stai a regalarmi i tuoi ricordi in cambio dei miei? Ci conto, maestro.

Carmela

RODOLFO

Caro maestro,

hai mai avuto un alunno che si chiamava come me?

Rodolfo è un nome insolito, e a me dà

fastidio perfino pronunciarlo. Ma non so perché.

Prima di cominciare questa lettera, ho riflettuto a lungo su cosa dovevo dirti. Ho perfino pensato di scriverti delle bugie.

Ma poi mi sono detto che con te le bugie non funzionano. Uno ti guarda, e gli viene da raccontarti tutta la sua vita.

Eppure io non ti ho davvero raccontato tutto di me. C'è qualcosa che non ti ho mai detto e che vorrei portarmi dietro come un segreto.

Ma se non te lo dicessi, mi sembrerebbe di tradirti.

Da dove comincio? Dai giubbotti dei compagni, naturalmente. Hai già capito? Probabilmente sì. Ne abbiamo parlato per settimane e settimane. Anzi, per mesi.

Sì, sono io quello che frugava nelle tasche e rubava di tutto: merendine, figurine, biglie, gomme da masticare, e perfino i soldi, quando c'erano.Ti ricordi come gridavano e si arrabbiavano i compagni?

– Se lo pesco, gli do un pugno sul naso.

– Mi ha rubato proprio la figurina che mi mancava per finire l'album.

– Anche la mia forcina per capelli si è preso. Dove la trovo una uguale?

– Basta, io mi tengo il cappotto in classe.

– Sono stufo, questa è una scuola di ladri.

Mentre protestavano, mi univo anche io al coro. E siccome a tutti, prima o poi, mancava qualcosa, ogni tanto dicevo che anche a me avevano rubato una gomma o una merendina.

Naturalmente non era vero. Ma non volevo destare sospetti. Guai se avessero scoperto che il ladro ero io. Probabilmente non sarei più venuto a scuola.

Forse ti chiederai come facevo a trovare il coraggio, visto che avevo tanta paura di essere scoperto. Non lo so. Era più forte di me. Ogni volta che uscivo per andare in bagno, dovevo rubare qualcosa a qualcuno.

Non importava a chi. Non ce l'avevo con

nessuno dei miei compagni. Io volevo semplicemente le cose che avevano loro. Che fossero ricchi o poveri non contava niente. Sono diventato subito bravo a rubare senza che nessuno se ne accorgesse. Ero talmente veloce a mettere le mani in tasca e ad afferrare quello che trovavo, che mi sorprendevo io stesso della mia abilità.

Solo una volta ho corso un rischio serio.

Nella tasca del giubbotto di uno dei miei compagni c'era addirittura un game-boy.

Per la sorpresa, ho esitato qualche secondo. E quando ho sentito la voce di una bidella che mi chiedeva: – Che fai? – ho avuto un tuffo al cuore e mi è sembrato di morire.

Mi sono girato di scatto e le ho risposto: – Niente, sto prendendo il fazzoletto.

Per fortuna la bidella era arrivata da un paio di giorni. E anche se le avevamo raccontato dei furti ed era stata messa in guardia, non sapeva qual era il mio giubbotto.

Per una settimana non ho osato rubare

nulla. Avevo corso un rischio troppo grosso ed ero arrabbiato con me stesso. Forse, ormai, mi sentivo troppo sicuro.

Invece, quando si ruba, non si deve essere mai troppo sicuri.

Adesso mi vergogno a usare la parola rubare. Ma in realtà ho cominciato a vergognarmi davvero quella volta che presi un anellino a Mara.

Quando scoprì che era sparito, si mise a piangere come una disperata.

Io sapevo benissimo che era un anellino da poco. Ma era come se le avessi rubato un autentico tesoro.

Poi Mara si mise a raccontare una strana storia. Parlò di un regalo che le aveva fatto un'amica che non c'era più, e che per lei l'anellino era un ricordo, eccetera eccetera.

Ad ogni modo, mentre tutti gli altri la consolavano, mi sentii un verme. Non erano le minacce dei miei compagni che mi impressionavano. No, erano le lacrime inarrestabili di Mara che mi facevano sentire odioso anche a me stesso.

Mi sforzai di rimanere impassibile e di non diventare rosso. Anzi, mi unii ai miei compagni e promisi che avrei tenuto gli occhi aperti più di tutti, per scoprire il colpevole di quei furti.

Durante l'intervallo andai a depositare l'anello sulla scrivania della bidella, mentre lei era occupata a rispondere al telefono.

Controllai che lo scoprisse, e prima che lo mettesse in un cassetto della scrivania, le chiesi: – Che cos'è?

La bidella lo rigirò tra le dita e mi rispose: – È un anellino da niente. Chissà come è finito sulla mia scrivania. Sarà di uno dei bambini di prima.

– Faccia un po' vedere.

Esaminai l'anello e dissi: – Incredibile, ma è quello che ha perso la mia compagna di classe!

– Allora portaglielo.

– No, glielo porti lei. Così diranno che fa bene la guardia sul piano.

Mara recuperò il suo anello e io recuperai la mia tranquillità. Da quel giorno, infatti, decisi di non rubare più.

Tutta la roba che ho portato a casa è raccolta in una scatola nascosta nell'armadio che c'è nella mia camera.

Da un lato vorrei buttarla nell'immondizia, perché non posso restituirla ai miei compagni. Dall'altro mi piacerebbe conservarla, perché sarà come avere qualcosa di loro anche quando non li vedrò più.

Io non sono mai stato un vero amico per nessuno di loro.

E nessuno mi ha mai invitato a casa sua. Nemmeno alle feste di compleanno.

È vero che sono stato con voi solo l'ultimo anno. Ma in un anno si può diventare amici, no?

Tu lo sei diventato già dopo pochi giorni! Tu non hai mai avuto problemi con i miei occhi a mandorla.

Ciao, maestro.

Rodolfo

Caro maestro, tu sei stato il mio primo, vero amico...

FABIO

Caro maestro,

pensi che parlerai di me ai tuoi nuovi alunni? E che cosa gli dirai?

Di me non potrai dire altro se non che ero un fanatico del pallone.

Che ero? Che sono e che sarò! Perché io il pallone ce l'ho nel sangue, lo sai bene.

Tu sei uno dei pochi che non mi ha mai detto che sono un fissato. Anzi, hai perfino fatto l'arbitro quando te lo chiedevo.

Dimmi la verità, cosa ne pensi della mia mania del calcio? Io vorrei sfondare, maestro, dico davvero.

– Fabio, ricorda che pochi ci riescono – mi dicesti una volta.

– E perché non potrei essere io uno di quei pochi?

– Certo, tutto è possibile.

– Hai visto come gioco? Peccato che i miei non abbiano i soldi per iscrivermi a un vero club che formi dei campioni.

Quante volte ti ho spiegato come funziona davvero il gioco del calcio! E come mi stavi ad ascoltare!

– Chi ti ha insegnato tutte queste cose, Fabio? – chiedevi.

– Le ho imparate da solo.

– Sei in gamba, non c'è che dire.

È bello sentirsi dire che si è in gamba. E a me lo hanno sempre detto in pochi.

– Studia, studia, lascia perdere questa voglia matta del pallone – mi dicono tutti.

E io non so come posso spiegare che il gioco del calcio mi ha stregato fin da quando avevo cinque anni.

Per me il pallone è come una creatura viva, capisci? È come un compagno col quale vado d'accordo e che fa sempre quello che voglio io.

E poi mi piace che la gente mi applauda quando mi vede cavalcare attraverso il campo per andare a segnare.

Ti ricordi la partita che abbiamo fatto

contro la squadra della scuola "Parini"? Quando tutti sono venuti a congratularsi con me perché avevo segnato il gol della vittoria?

Mi veniva da piangere, tanto ero felice.

Allora mi sono immaginato in un vero campo da gioco, con gli spalti dello stadio stracolmi di migliaia di persone che gridavano: "Fa-bio! Fa-bio! Fa-bio!"

Io farò di tutto per arrivare in uno stadio vero, maestro. E non me ne importa se dovrò sacrificare tante altre cose. E se dovrò discutere con i miei genitori, lo farò. Loro non hanno mai creduto nel mio sogno. E io dimostrerò che si sbagliano.

Faccio bene, no? Sei stato tu a dirci, un giorno, che dobbiamo tutti avere un sogno. Beh, il mio è questo. Che cosa c'è che non va?

Ma non lo chiedo a te.

Lo chiedo ai miei genitori. Per modo di dire, si capisce. Perché ormai con loro non posso più parlare di questo argomento.

– Pensa a studiare – mi ripetono.

Forse che non studio? Sì, magari non imparo bene storia e geografia, perché ci vuole troppo tempo per studiarle. Ma in matematica sono bravo, no?

E ricordi quando mi sono inventato una storia su un campione sportivo nato povero e diventato una gloria per la sua nazione? Mi dicesti che non avevi mai letto una storia così appassionante. Per forza. Io non l'avevo scritta solo con la testa, ma anche col cuore, non so se mi spiego.

Infatti quel campione ero io. E mi sono davvero emozionato quando ho raccontato la sua vita.

– Mi piacciono le storie dei bambini – hai continuato a dirci in questi anni.

Io te ne ho fatte leggere poche, lo so. Ma quella del campione mi ha reso speciale ai tuoi occhi.

Sai quando ho provato la paura più grande della mia vita? Fu quella volta che inciampai per le scale, mi ruppi la caviglia e rimasi ingessato per più di un mese.

Anche adesso, se ci penso, mi metto a tremare.

Non avevo solo paura di non riuscire più a camminare in modo normale. Avevo il terrore di non poter più giocare a calcio. E che cosa avrei fatto, allora?

– Dottore, dice che tornerò come prima? – chiesi al medico che mi controllò il piede prima di ingabbiarlo in un'armatura di gesso.

– Fidati di me, so come si riparano questi danni.

– Sa, io farò il giocatore di calcio da grande, e allora...

– Eh, benedetti ragazzi. Volete tutti diventare campioni sui campi da gioco. Perché non pensate di diventare anche dei bravi medici? È meglio ripararle le gambe, che romperle.

Quando lo sentii ragionare come i miei, ebbi paura che non mi rimettesse a posto la caviglia come si deve.

Ma mi sbagliavo. Fece un buon lavoro, e il mio piede cominciò presto a funzionare come al solito.

Mi sembrò che avessi ricevuto una grazia. Andai perfino in chiesa a pregare, senza dire niente a nessuno.

E infatti certe cose te le tieni per te. Oppure le dici al tuo maestro, se è un tipo capace di ascoltare senza fare prediche.

Proprio come te, maestro.

Il giorno in cui entrerò in un campo da gioco indossando una maglia col numero sopra, sarai il primo cui lo dirò. Voglio che tu sappia che ho realizzato il mio sogno.

Ciao, maestro

Fabio

CONCLUSIONE

Ho letto le lettere dei miei compagni tutte d'un fiato, e alla fine ero quasi stordita.

Quante cose avevo scoperto di ciascuno di loro! Quante cose mi avevano nascosto in questi anni! E con quanta sincerità si erano raccontati al maestro!

Adesso mi sembravano quasi degli sconosciuti. Eppure per cinque anni avevamo giocato, litigato, riso e perfino viaggiato insieme. Credevo di conoscere tutto di loro, invece sapevo così poco! Era come se a scuola avessero deciso di rivelare agli altri solo una parte di se stessi. E nemmeno la più importante.

Quella l'avevano tenuta nascosta. O perché era troppo preziosa, o perché se ne vergognavano.

Non avevo forse fatto anch'io così? In fondo Ottilia era l'unica compagna che di me sapeva quasi tutto. A parte il maestro, al quale avevo raccontato molte cose attraverso le mie lettere.

Ho chiuso gli occhi e ho ripensato a Gennaro.

Lo sapevamo tutti che viveva in una villa in collina. Ma non sapevamo come ci era arrivato e come si sentiva lassù.

Gennaro e i suoi scoppi di rabbia, Gennaro che a volte si isolava e non voleva vedere nessuno, Gennaro che a volte si addormentava sul banco...

Una volta gli chiesi: – Perché sei sempre arrabbiato?

Lui mi guardò come se non avesse capito, e infine mi rispose: – Perché sono nato così.

Avrei voluto alzare il telefono, chiamarlo e dirgli: – Gennaro, mi inviti in collina? Mi piacerebbe venire con te nel bosco.

Chissà come avrebbe reagito. Forse in quel momento si era isolato nella sua camera e stava pensando ai compagni che avevano letto la sua lettera.

Si era liberato da un peso? O si pentiva di aver raccontato il suo segreto?

Chissà quando lo avrei rivisto! Forse sarebbero passati tanti anni, e ci saremmo incontrati da adulti.

Allora avremmo esclamato: «Guarda chi si rivede! Come va?».

Chi di noi due avrebbe detto all'altro: «Ti ricordi?».

Forse nessuno. Forse quando hai diciotto anni, non hai voglia di ricordare che ne hai avuti dieci, un giorno.

Ma io avrei cercato di non dimenticare.

Non sono stata mai veramente cattiva con nessuno dei miei compagni. Forse ne ho invidiati un paio. Forse in certi momenti ho perfino odiato qualcuno, per un torto o un dispetto che mi aveva fatto.

Ma è normale, credo. Succede a casa, a scuola, dappertutto, no? In compenso ho vissuto tante belle storie. E se oggi sono come sono, lo devo proprio a tutto quello che mi è successo a scuola.

Se la scuola non ci fosse, credo che bisognerebbe inventarla. Ma non una scuola dove vai solo per fare i compiti, per rispondere alle interrogazioni, e magari prenderti una nota sul diario perché hai combinato un pasticcio o hai risposto male al tuo maestro.

La scuola è bella perché i bambini che la frequentano sono tutti diversi.

Ci sono i coraggiosi e i timidi, i furbi e gli ingenui, i bravi e quelli che non hanno voglia di studiare.

Io credo di averli conosciuti tutti nella mia classe. Ad alcuni ho voluto più bene, ad altri meno. Ma non ho mai disprezzato nessuno, perché non volevo essere disprezzata da nessuno. Non so se sono stata fortunata o se sono capitata in un posto in cui certe cose non succedevano perché il nostro maestro non le faceva succedere.

Questo non vuol dire che vorrei tornare indietro. Non ho nessuna voglia di ricominciare a fare la prima elementare.

Oggi voglio fare delle cose diverse da

quelle che ho fatto ieri. Ho voglia di crescere e di diventare grande. Eppure... Eppure non posso dimenticare questi anni. Non sarò più com'ero prima. E credo che mi rimarrà a lungo la nostalgia di quando ho avuto sei, sette, otto, nove anni.

Certe cose vorrò dimenticarle, ne sono sicura. Come gli incubi e le paure, il morbillo e la scarlattina, per esempio.

Ma per i miei compagni ci sarà sempre un posto nella mia memoria.

«Siete un gruppo, non dimenticatelo mai» ci diceva il maestro quando medicava le ferite di uno che si era beccato un calcio o un pugno in pancia.

In quel momento, i due che avevano litigato non ci pensavano proprio e si guardavano in cagnesco. Ma una mezz'ora dopo, si scambiavano perfino la merenda.

I grandi di solito non sono così. Non ne conosco molti, ma ho capito che sono capaci di odiarsi fino a farsi male senza pietà.

Lo so che non sono tutti uguali.

Non è così Melisenda, per esempio.

Dopo aver letto le lettere dei miei compagni, mi sono messa a pensare anche a lei.

Dov'era in quel momento? Che cosa stava facendo? Perché aveva intrapreso quel viaggio? Era andata a trovare qualcuno, o stava viaggiando tanto per viaggiare?

È una persona che ammiro. Invece di rimanere tappata in casa, si è chiusa la porta alle spalle ed è partita.

Eh, sì, Melisenda ha conservato un cuore e una testa da bambina.

Riuscirò a fare lo stesso anch'io, mano a mano che passano gli anni?

Spero proprio di sì!

Arrivederci
alla prossima
avventura!

INDICE

Prima parte

Un incontro in biblioteca

Seconda parte

La maestra Melisenda

Terza parte

È finita la scuola

Quarta parte

Lettere al maestro

I LIBRI DI VALENTINA

1. V come Valentina
La vita quotidiana di Valentina: l'amica del cuore, il ragazzo che le piace, una gattina da salvare…

2. Un amico Internet per Valentina
In rete, Valentina trova un nuovo amico: si chiama Jack ed è molto simpatico!

3. In viaggio con Valentina
Valentina parte per la Cornovaglia… quante avventure in questo misterioso paese!

4. A scuola con Valentina
Valentina ha un maestro speciale, che narra storie meravigliose e difende sempre i suoi alunni…

5. Un mistero per Valentina
Valentina va in gita scolastica a Zurigo. Sarà una settimana piena di misteri da risolvere!

6. La cugina di Valentina
La vita di Valentina si svolge tranquilla, ma un giorno la sua mamma perde la memoria…

7. Gli amici di Valentina
Quanti amici ha Valentina! Ognuno con il suo carattere e la sua storia da raccontare…

8. L'estate di Valentina
Finalmente le vacanze! Tra montagna, lago e mare Valentina non ha certo il tempo di annoiarsi.

9. La famiglia di Valentina
La mamma di Valentina deve essere operata, e lei impara a cavarsela da sola in casa…

10. Quattro gatti per Valentina
Alice, la gatta di Valentina, sta aspettando i cuccioli e ci sono veramente tante cose a cui pensare…

11. Buon Natale, Valentina!
Il Natale si avvicina e Valentina si dedica ai preparativi insieme a un'amica speciale!

13. Pablo. Un nuovo amico per Valentina
Valentina è molto emozionata: dall'Argentina sta per arrivare Pablo, che per un po' vivrà a casa sua...

14. Una sorpresa per Valentina
A Valentina succede una cosa incredibile! Una sera tornando a casa con Tazio e Ottilia trova un neonato abbandonato...

15. In vacanza con i nonni
A Valentina piace tanto andare dai nonni in campagna! Chissà che storie emozionanti le racconterà il nonno, questa volta...

16. Valentina è gelosa
Tazio e una ragazzina della seconda B reciteranno insieme nello spettacolo teatrale di fine anno... Che cosa farà Valentina?

17. Un'amicizia speciale
Valentina e Tazio vanno a trovare il loro amico Samuel: che bello ricordare insieme i tempi felici della scuola elementare!

18. Tazio, mi manchi...
Tazio si trasferisce a Parigi con la sua famiglia... Un anno intero senza di lui a Valentina sembrerà interminabile!

19. Valentina in Australia
Un viaggio all'altro capo del mondo, in un paese lontano tutto da scoprire... Valentina e Lia non vedono l'ora di partire!

SPECIALI

Buon Natale, Valentina!
Il viaggio in Italia di Valentina
Halloween con Valentina
Il viaggio in Europa di Valentina
Viaggio nella storia d'Italia con Valentina
Viaggio nella storia d'Italia con Valentina 2
Viaggio nella storia d'Italia con Valentina 3

Sempre nel Battello a Vapore:

Serie Arancio
Le fatiche di Valentina
Non arrenderti, Valentina!
Cosa sogni, Valentina?

Serie Rossa
Ciao, Valentina!

CHI È ANGELO PETROSINO?

Care lettrici e cari lettori, ho pensato di parlarvi di me perché mi chiedete sempre di farlo quando vi incontro nelle scuole o nelle biblioteche. Sono sempre stato un bambino vivace e curioso. Non stavo mai in casa e mi arrampicavo sugli alberi, per guardare il mondo dall'alto. Era facile, perché abitavo in campagna. Poi un giorno ho lasciato il mio paese perché mio padre aveva trovato lavoro in Francia. Avevo dieci anni. Ho vissuto esperienze indimenticabili prima in Auvergne poi a Parigi. Tornato in Italia, ho dovuto imparare di nuovo l'italiano. Per questo oggi la lingua italiana è per me il patrimonio più prezioso: di ogni parola amo il suono, il significato, le immagini che evoca. Non pensavo che un giorno mi sarei trovato a insegnarla. All'inizio infatti ho studiato da perito chimico. Poi un giorno mi sono affacciato a un'aula di scuola ele-

Angelo a dieci anni, in Auvergne

mentare. Ero imbarazzato. «Come ci si comporta con i bambini?» mi sono chiesto. Allora ho ricordato che i momenti più belli della mia infanzia erano quando mio nonno mi raccontava storie. Così ho cominciato a leggere ai miei alunni. Da allora sono diventato "il maestro che racconta storie". Ma ho sempre ascoltato le storie, i desideri, i sogni dei bambini. Quante cose ho imparato!

Angelo Petrosino

Col tempo ho iniziato a scrivere libri in cui i protagonisti erano proprio loro.

Così è nato il personaggio di Valentina: curiosa, irrequieta, intelligente, capace di ascoltare le sue emozioni e con una gran voglia di vivere.

A proposito, mi piacerebbe sapere cosa ne pensate dei miei libri. Se volete, scrivetemi qui:

www.angelopetrosino.it

Prometto una risposta veloce e personale a tutti!

CHI È SARA NOT?

Sara Not ha ben trent'anni però disegna ancora come una bambina (e solo quando ne ha voglia). Va e viene tra Milano e Trieste e non si sa mai dov'è. Il fatto è che si fa trasportare dalla bora, vento capriccioso e freddino del nord est, anche se fa credere a tutti di viaggiare in treno.

Da due anni vive con Sissi, amica fedele, chiamata anche Mocio Vileda o Patata, una cagnolina pelosa dallo sguardo dolcissimo (se si riesce a scovarne gli occhi sotto il ciuffo). Insieme inventano, disegnano, colorano, ma è Sissi che fa il grosso del lavoro... E c'è qualcuno che dice che si vede! Ma sono malelingue.

Sara a quattro anni, con la sorellina Elisa

Quando il loro mirabolante computer Mac Pino va in tilt, inforcano la vecchia bicicletta verde e sfrecciano verso il parco. Da secoli Sissi tenta di insegnare a Sara ad andare senza mani, ma è un caso senza speranza. Durante queste spericolate evoluzioni ciclistiche, la coraggiosa cagnolina, affacciata al manubrio dal suo cestino, lancia appelli disperati ai passanti. Bambini, se le vedete, non esitate a intervenire!

Sara Not

Tornate nella loro mansarda, leggono un bel libro, mettono su un cd, cucinano una buona cenetta e sono pronte a uscire con gli amici. Quando si annoiano, aspettano la bora che le porta al mare.